海外小説 永遠の本棚

赤死病

ジャック・ロンドン

辻井栄滋＝訳

白水uブックス

目次

I

道は、その昔盛り土をして鉄道線路が走っていたところに続いていた。だが、列車がそこを走らなくなってから、もう長い年月が経っていた。両側の森が盛り土の斜面にまで押しだしてきて、木々や茂みが緑の大波となって、道をふさがんばかりになっている。小道の幅は、せいぜい大人一人が通れるぐらいであり、野獣の通り道程度でしかない。あちこちに錆びた鉄が、森の腐植土の間から顔をのぞかせており、レールと枕木がまだ残っていることを示している。あるところでは十インチ〔二十五・六センチほど〕の木が、レールとレールのつなぎ目から生えており、レールの端を持ちあげているのがはっきりと見える。枕木は見たところではレールにつき従い、その路盤が砂利や腐った木の葉で埋まるぐらい長い間犬釘で留められていたものだから、今ではぼろぼろに腐った木が、おかしな角度に突きだしている。この路盤は古くはあったが、明らかにモノレール型のものであった。

老人と少年が、この通り道を歩いていた。二人の動きはのろい。老人がえらく年をとっていて、中風の気のために震え、杖がわりの棒に重々しく寄りかかっているからだ。やぎの皮でできた粗末なずきんが、太陽から老人の頭を守っている。このずきんのまわりの下からわずかながら、汚れた白髪が垂れさがっている。大きな葉っぱで器用に作った日よけが、老人の目を保護し、この日よけの下から彼は、小道を行く自分の足もとをじっと見ていた。そのあごひげは、本来ならまっ白なのだろうが、髪の毛と同様に風雨で傷み、野宿生活で汚れており、大変なもつれ髪となって腰の辺まで垂れさがっている。胸と両肩のあたりには、やぎの皮でできた一枚のうす汚い衣服がかかっている。腕と脚は、皺(しわ)だらけでやせこけ、高齢であるのがわかるし、同様に、腕や脚の日焼けや傷あとやかすり傷は、長年風雨にさらされてきたことがわかる。

少年のほうは、老人ののろのろとした歩みに筋肉がうずうずするのを抑えながら先に立っていたが、彼も同様に一枚の衣服を身に着けていた――それは、縁がぼろぼろの熊の皮で、まん中に穴が開いており、そこから首が突きだしていた。彼は、十二歳になるかならないかといったところだろう。片方の耳には、最近切断した豚のしっぽがあだっぽくかけてある。

片方の手には、中ぐらいの大きさの弓と矢を持っている。背中には、矢をいっぱい背負っている。皮ひもで首にかけている鞘からは、使い古した猟刀の柄が突きだしている。少年は、野イチゴみたいに褐色に日焼けしており、その歩みは軽やかで、猫のような足どりと言ってもいいぐらいだ。日に焼けた皮膚と目立って対照的なのが、その目だ――青、濃い青なのだが、錐のように実に鋭い。もう習慣になっているといったふうに、自分のまわりじゅうを一心に見ているようだ。前へ歩を進めながら、少年はいろんなもののにおいを嗅ぎ、そのうえ、その開いて震えている鼻孔は、外界からの伝達事項を延々と脳に伝えていた。おまけに、少年の聴覚も鋭く、訓練が行きとどいていたので、反射的に働く。意識的に努力しなくても、明らかに静かな中だと、どんなに小さな音でも聞こえた――それらの音を聞きわけ、分類していた――木の葉をサラサラと鳴らす風の音なのか、蜂や蚋のブンブンいう音なのか、凪ぎのときだけ彼のもとへ渡ってくる遠くの海鳴りなのか、はたまた、すぐ足もとの地ネズミがひとつかみほどの土を自分の巣の入り口に押しやっている音なのか、と。

突然、少年は注意をはらって緊張した。音と眺めとにおいとが、いっせいに警告を発したのだ。少年は、後ろにいる老人のほうに手をやり、触れると、二人はじっと立ち止まった。行く手の、盛り土部分の一番上の片側で、パチパチという音がし、少年の視線は波立つ茂みのてっぺんにじっと向けられた。すると、大きな熊――灰色の大熊――がすさまじい勢いで現われ、二人の人間を見て同様に急停止した。人間が気に入らず、ぐちっぽい調子でうなった。少年はゆっくりと矢を弓にあてがうと、同じくゆっくりと弓の弦をぴんと張った。けれども、熊から目を離すことはぜったいになかった。老人は、緑の葉っぱの下からこの危険なやつをじっと見ながら、少年と同様に黙って立っていた。ちょっとの間、こんなふうに互いにじろじろと見あっていたが、そのうち熊がつのるいらいらをのぞかせるようになり、少年は首を振って老人に、小道から脇へよけて盛り土をおりるように指示を与えた。少年は、後ろにさがりながら、老人のあとを追ったが、弓の弦はまだぴんと張ったままで、いつでも放てる態勢にあった。二人が待っていると、やがて盛り土の反対側の茂みの中からすさまじい音が聞こえてきて、熊がそのまま行ってしまったことがわかった。少年はにやにや笑いながら、また小道へともどるのだった。

「ごっついやつだったよ、じいさん」と、少年はほくそ笑んだ。

老人は、うなずいた。

「あいつらは、日に日に太っていくのさ」と老人は、か細い頼りにならない裏声でこぼした。

「クリフ・ハウス〔サンフランシスコの西端にあって、太平洋を望む断崖上のレストラン〕まで行くにもその途中で命の心配をしなけりゃならない年まで生きようなどと、誰も考えた者などおるまい。わしが子供の頃にはな、エドウィン、男や女や小さな赤ん坊までが、天気のよい日には何万人とサンフランシスコからよくここまで遠出してきたもんだよ。それに、その頃は熊なんていなかった。まるでな。熊が檻に入っているのを見るのに金を払ったぐらいだから、それぐらい珍しかったんだよ」

「金って何だい、じいさん？」

老人が答えられないうちに、少年は思いだし、誇らしげに熊の皮の下の小袋に手を突っこんで、つぶれて変色した一ドル銀貨を引っぱりだした。老人は、目をきらきら輝かせながら、銀貨を目に近づけた。

「見えんよ」と、老人はつぶやいた。「日付が見わけられるか、おまえちょっと見てくれんか、エドウィン」

少年は笑った。

「あんたは、大したじいさんだよ」と、少年はうれしがって叫んだ。「いつだって、そういう小さい印には何か意味があるってことにしちまうんだからな」

老人は、いつもの悔しさを顔に出しながら、その銀貨をもう一度自分の目に近づけてみた。

「二〇一二年」と、彼はかん高い声をあげ、それから異様にベチャクチャと喋りだした。

「二〇一二年といえば、モーガン五世が大富豪会議によって合衆国大統領に指名された年だ。こいつは、最後に鋳造された硬貨のうちの一枚だったにちがいない。赤死病（スカーレット・プレイグ）は、二〇一三年に現われたんだからな。ああ！　ああ！――考えてもみろ！　六十年も昔のことだ。しかもわしは、その時代に生きて、今日もたった一人生き残っているというわけだ。おまえどこでこれを見つけたんだ、エドウィン？」

少年は、低能なやつの無駄話を聞いてやってるんだといった目つきで老人を見ていたが、返事は即座にした。

「そいつは、フー・フーから手に入れたんだ。あいつがそれを見つけたのは、俺たちが去年の春にサン・ノゼの近くでやぎの群れを集めてたときのことさ。フー・フーは、それが金だって言ってたよ。腹すいてねえか、じいさん？」

古老は、杖がわりの棒をもっとしっかりと握ると、小道を急いで進んでいったが、その年老いた目は飢えたように光っていた。

「ヘア・リップがカニを一匹……か二匹、見つけてくれりゃいいんだが」と、老人はブツブツと言った。「あれはうまい食い物だよ、カニは。歯がなくなっちまっても、年老いたじいちゃんを愛し、忘れずにじいちゃんのためにカニをつかまえてくれる孫がいるときには、実にうまい食い物さ。わしが子供の頃には……」

ところがエドウィンは、目にしたものに不意に足を止め、弓をあてがって弦を引いていた。彼は、盛り土の破損箇所の縁に立ち止まっている。古びた排水渠(きょ)がここで押し流されており、水はもはや閉じこめられてはおらず、排水渠のまわりの土を切って流れ出ている。その反対側には、レールの先が乗りだし突きでている。はびこっているつる草の間からは、レールが錆色になってのぞいている。その向こうの、茂みのそばにうずくまって、一匹の兎(うさぎ)が震えながらためらうように少年を見ている。優に五十フィート〔約十五メートル〕は離れているが、矢はさっと放たれたかと思うや的を射た。そして、射貫かれた兎は、突然の恐怖と痛みに悲鳴をあげ、苦しそうに雑木林の中へ逃れようとした。少年のほうは、たちまち褐色の皮膚と飛ぶ毛皮の閃(ひらめ)きとなり、割れ目の険しい崖を飛びおりていって、反対側を勢いよく上がった。その細身の筋肉は、解放されて格好よくてきぱきと行動する鋼鉄のバネのようであった。百ヤード〔九十メートル余り〕向こうの、からみあった茂みの中で、少年は傷を負った動物に追いつき、その頭を近くの木の幹に打ちつけ、じいさんに引きわたして運ばせた。

「ウサギはうまい、実にうまい」と、古老は声を震わせた。

「が、おいしいごちそうということになると、わしはカニのほうがいいな。わしが子供の頃には――」

「何であんたは、意味のねえことばっかし言うんだ？」エドウィンは、相手が言いだそうとするお喋りを腹立たしそうに遮（さえぎ）った。

少年は今の言葉をそのまま口にしたわけではなく、かすかにそれに似ているといった程度のもので、喉音と破裂音がもっと多く、叙述的な言いまわしは少なかった。彼の話し方は老人の話し方とは遠縁にあたるような関係にあり、後者の話し方は英語に近いものではあったが、なまった慣用の洗礼を受けてきていた。

「俺が知りてえのは」と、エドウィンは言葉を続けた。「どうしてあんたがカニのことを『おいしいごちそう』だなんて言うんだい？　カニはカニだろ？　そんなおかしな呼び方をするやつなんか、聞いたこともねえや」

老人はため息をついたが返事はせず、二人は無言のまま歩きつづけた。寄せ波の音が急に大きくなったかと思うと、二人は森から海に面する開けた砂丘へと出てきた。数頭のやぎが砂山の間で草を食んでおり、獣皮をまとった一人の少年が、ほんのかすかにコリーをしのばせる狼みたいな顔つきの犬に助けてもらって、やぎの番をしていた。寄せ波のとどろきに混じって、ひっきりなしに低音のほえたりどなったりする声がした。それは、岸から百ヤード

〔九十メートル余り〕沖にある、でこぼことがった岩の集まり〔「シール・ロックス」といって、「クリフ・ハウス」の百メートルほど沖にある岩礁で、現在もアシカの繁殖地〕から聞こえてきたのだった。そこでは、巨大なアシカたちが岩の上に上がって、日なたぼっこをしたり、けんかをしたりしている。すぐ近くの前景となるところには焚(た)き火の煙が上がっており、もう一人の野蛮人のような少年がその番をしている。そのそばにうずくまっているのは、やぎの見張りをしているのと似た狼みたいな数匹の犬であった。

老人は速度を速め、焚き火に近づくにつれて夢中ににおいを嗅いだ。

「貽貝(いがい)だ！」と彼は、我を忘れたようにつぶやいた。「貽貝だ！　それに、そいつはカニじゃねえのか、フー・フー？　そいつはカニじゃねえのか？　いやあ、まあ、おまえたちはじいちゃんに優しいんだな」

外見上はエドウィンと同じ年のフー・フーが、にやにやと笑った。

「食いたいだけ食いな、じいさん。俺は、四つ取ったからな」

老人が麻痺した体でうずうずしている様子ときたら、哀れだった。そのこわばった手足が言うことを聞けるかぎり手早く砂にすわりこむと、老人は炭火の中から大きな岩貽貝〔貽貝は、外洋に面した岩礁に付着する三角形の二枚貝。肉は黄色か赤で美しく味がよい〕をかき出した。火熱で殻が開き、鮭肉色した身がすっかり煮えている。ぶるぶる震えながらあわてて、親指と人さし指で貝の身をひと切れつまむと、老人はそれを口へ運んだ。ところが、熱すぎたものだから、たちまちどっと吐きだしてしまった。老人は痛くてブツブツ言い、涙が目から流れだし、両頬を伝って落ちた。

少年たちは正真正銘の野蛮人で、野蛮人の残酷なユーモアしか持ちあわせていなかった。彼らにしてみれば、この一件はたまらぬぐらいおかしくて、どっと大声出して笑いだすのだった。フー・フーときたら跳ねまわり、エドウィンは大喜びして地面の上を転げまわった。やぎと一緒にいた少年も、走ってきて、この大騒ぎに加わるのだった。

「そいつを冷ましてくれ、エドウィン、冷ましてくれよ」と老人は、盛んに悲しみながらも手を合わせて頼み、なおも目から流れる涙をぬぐいとろうともしなかった。「それに、カニも冷ましておくれ、エドウィン。おまえのじいちゃんがカニが好物なのを知ってるよな」

炭火からジュージューという大きな音がしたが、その音の出所は、パカッと殻を開けて水分をにじみ出しているたくさんの貝であった。大きな貝で、長さが三インチから六インチ〔七センチ余りから十五センチ余り〕ほどあった。少年たちは、それらの貝を棒でかき出し、大きな流木の上に置いて冷ました。

「わしが子供の頃には、年長者を笑ったりなんかしなかった。尊敬したもんだ」

少年たちは気にもとめず、じいさんはわけのわからない不平や非難をベチャクチャと並べつづけた。それより今度はさっきより気をつけたので、口にやけどをすることはなかった。みんなで食べだしたが、手のほかには何も使わず、口で大きな音を立てたり、舌鼓を打ったりした。ヘア・リップと呼ばれている三人めの少年が、古老が口へ運ぼうとしている貝の身にひとつまみの砂をこっそりとかけた。それで、砂が老人の口の粘膜や歯茎にジャリッと食いこむと、また大笑いとなる。老人はかつがれたことに気づかず、ブツブツ言って唾を吐いていたが、とうとうエドウィンが、かわいそうに思って、口をすすぐ清水の入ったひょうたんを老人に渡してやった。

「そのカニってえのはどこだい、フー・フー?」と、エドウィンが訊いた。「じいさんが、ひと口食いてえって思ってたんだ」

大きなカニが手わたされると、再びじいさんの目は食い意地がはって燃えた。それは、甲羅も脚も何もかも揃っていたが、身のほうはもうずっと前にはずれてなくなっている。指を震わせ、たわいもなく期待のこもったお喋りをしながら、老人は脚を一本もぎ取ってみると、中はまるで空っぽであった。

「カニは、フー・フー?」と、老人は声をあげて泣いた。「カニは?」

「俺がかついだんだよ、じいさん。カニなんかねえや。一匹も見つからなかったぜ」

少年たちは、老いぼれた老人が期待を裏切られ、その両頬に涙がしたたり落ちるのを見て、どっと大喜びするのだった。それから、こっそりと、フー・フーは、その空の甲羅を料理したてのカニと取りかえた。すでに脚が切り離されてあったから、ポキッと割られた脚からは、白い身がもうもうと香りのよい湯気を放っている。これに老人の鼻孔が引きつけられ、彼はびっくりして見おろした。機嫌がたちまち喜びに変わる。鼻をフンフンいわせ、つぶやき、モグモグ言いながら、喜びを口ずさまんばかりに食べはじめた。これには、少年たちもほとんど気にとめない。いつもの光景だったからだ。また、老人が時々激しい語調で言ったり発する言いまわしも心にとめなかった。それらは少年たちにとって何の意味もなかったからで、たとえば、老人が舌鼓を打って、歯茎をクチャクチャいわせながら、こんなふうにつぶやいていたのである。「マヨネーズ！　考えただけでもすばらしいな――マヨネーズは！　それにしても、最後のマヨネーズが作られてからでも、もう六十年も経っちまったよ！　二世代も経ってるのに、いっぺんもにおいを嗅いでないんだからな！　何しろ、あの頃は、どこのレストランでも、カニはマヨネーズをつけて出したもんさ」

もう食べられなくなると、老人はため息をつき、むき出しになった脚で両手をふき、海のほうへじっと目をやった。すっかり腹がふくれたことに満足して、次第に追憶にふけりはじめた。

「考えてもみろ！　わしは、天気のよい日曜日ともなると、この浜が男や女や子供でいっぱいになるのを見たもんさ。それに、みんなを食っちまう熊もいなかったしな。それからその崖の上には、大きなレストラン〔前出の「クリフ・ハウス」〕があって、食べたいものが何だって食べられたもんさ。その頃サンフランシスコには、四百万の人が住んでおった。なのに今じゃ、市と郡全体でも、ひっくるめて四十人といないんだからな。それにこの海の沖には、船がいつだってたくさん見られた、金門海峡（ゴールデン・ゲイト）を出入りする、な。それから、空には飛行船があった——気球や航空機が。時速二百マイル〔約三百二十キロ〕で飛べるんだ。ニューヨーク＝サンフランシスコ特別便との郵便契約には、最低それぐらいの速度が必要だったんだ。フランス人のやつで、名前は忘れたが、三百マイル〔約四百八十キロ〕出すのに成功したのがおった。が、そのマシーンは危険だった。保守的な者たちには危険きわまりないものだった。だが、あいつは正しかった。もしあの大疫病がなかったら、首尾よく成し遂げておっただろう。わしが子供の頃には、最初の飛行機の出現を覚えている者らがまだ生きていた。ところが今ではこのわしが、生きながらえて飛行機の最後を見た者となった。それも、六十年も前のことだ」

老人は、少年たちに顧みられることなく、たわいもなくお喋りを続けた。少年たちにすれば、長らく老人の口数の多さに慣れており、それに、彼らの語彙には老人の使う言葉の大半が欠けていたのである。目立ったのは、こうした取りとめもない独語をやるときのほうが、老人の英語が構文にしても語法にしても蘇っていっそうよくなるように思われたことだ。ところが、直接少年たちと話す段になると、その言葉は多分にみんなに特有の粗野でもっと単純な表現形式に変わってしまうのだった。

「それにしてもあの頃は、カニはたくさんいなかったな」と、老人は相変わらず取りとめがなかった。「取り尽くされて、大変な珍味だった。解禁の時期（シーズン）だって、一ヵ月しかなかったよ。それが今じゃ、カニは一年じゅう手に入れられるんだからな。考えられるか——いつでも欲しいときに、崖の家（クリフ・ハウス）の浜の波打ちぎわで、欲しいだけカニをつかまえられるなんて！」

やぎの間で急に動揺が起こって、少年たちは立ちあがった。焚き火のまわりにいた犬たちが突進していって、やぎを守ってうなっている仲間に合流しようとしたかと思ったら、やぎの群れのほうは人間の保護者のほうへと先を争って逃げだした。やせた灰色の姿が六つ、砂山をすべるように進むなり、毛を逆立てている犬たちに立ち向かうなりした。エドウィンが矢を放ったが、届かない。ところがヘア・リップが、ダビデ〔紀元前一〇〇〇年頃のイスラエル王国第二代の王〕がゴリアテ

〈ダビデに殺されたペリシテ族の巨人〉との戦いで使ったような投石器（パチンコ）で石を飛ばすと、空中を飛ぶ勢いのためにピューッという音がした。矢は狼たちのどまん中に落ち、そのために狼たちは、ユーカリの森の暗い奥のほうへこそこそと退散していった。

少年たちは笑って、再び砂に横になったが、じいさんのほうは重苦しそうなため息をついた。食べすぎて、両手の指を太鼓腹の上で組みあわせながら、また雲をつかむような話を始めるのだった。

「はかなきもの、あわのごとくついえ去り」と老人は、明らかに引用文らしきものをモグモグと言った。「それだ――あわと、はかなきものだ。この惑星上の全人類の苦労は、まったくあわみたいなものだったのさ。使える動物を飼い慣らし、敵対する動物を滅ぼし、土地から野生の草木を切りはらった。それから死に絶え、また原始生活がどっと蘇って、人が作ったものを一掃してしまった――雑草と森林が人の作った田畑に押し寄せ、肉食獣が家畜の群れを一掃し、今では崖の家（クリフ・ハウス）の浜にも狼がいる」老人は、そう思うと愕然（がくぜん）とした。「四百万の人々が戯れたところに、今では野生の狼がうろつきまわり、われわれの野蛮な子孫は、有史以前の武器を持って、牙のある略奪者から身守っている。考えてもみろ！　何もかも、あの赤死病（スカーレット・プレイグ）が発生したばっかりに――」

赤（スカーレット）という形容詞が、ヘア・リップの耳をとらえた。

「じいさんは、いつもああ言ってるが」と、ヘア・リップが言った。「スカーレットって何だい？」

「楓の赤（スカーレット）は、通りすぎてゆくラッパの響きのごとく、わが心を揺り動かす」と、老人が引用した。

「赤（レッド）のことさ」と、エドウィンが質問に答えた。「わからねえのは、おまえがおかかえ運転手族の出だからだ。連中ときたら何もわかっちゃいなかった、だあれもだ。スカーレットというのは赤（レッド）さ——俺は知ってるぜ」

「赤（レッド）は赤（レッド）じゃねえのか？」と、ヘア・リップが不平を言う。「生意気にスカーレットだなんて言いやがって、それがどうだってんだ？」

「じいさん、何であんたは誰も知らねえことばっかしいつも言うんだ？」と、ヘア・リップが訊いた。「スカーレットなんてどうってことねえじゃねえか、赤（レッド）は赤だぜ。だったら、何で赤と言わねえんだ？」

「赤（レッド）ではぴったりこないのだ」というのが答えだった。「あの病気は、深紅（スカーレット）の色だった。顔や体が全部、一時間で深紅（スカーレット）の色に変わってしまった。わしは知っとるんだ。もうたくさんというぐらい見たんだ。わしが深紅（スカーレット）の色だったと言ってるわけは——そうだな、深紅（スカーレット）の色だったからだ。ほかにふさわしい言葉がないんだよ」

「俺には赤（レッド）で十分だ」と、ヘア・リップはしつこくつぶやいた。「俺の父さんは赤（レッド）を赤（レッド）と言ってるし、よく知ってるはずだ。誰もかれもが赤い死（レッド・デス）で死んだ、って言ってるぜ」

「おまえの父さんは庶民だ、庶民の子孫なんだ」と、じいさんは激しく言いかえす。「わしは、おかかえ運転手族の起源をちゃんと知っとるんだ。おまえのじいちゃんは、おかかえ運転手やった。召使いで、教育もなかった。ほかの人のために働いとったんだ。だけど、おまえのおばあさんは良い家柄の出だった。ただあいにく、子供たちはおばあさんに似てはいなかったがな。わしがはじめて連中に出会ったときのこと、テメスカル湖で魚をつかまえていたのをよく覚えているよ」

「教育って何だい？」と、エドウィンが訊いた。

「赤（レッド）をスカーレットと呼ぶことさ」と、ヘア・リップがあざ笑い、それからじいさんに対する攻撃にもどった。「俺の父さんが言ってたぜ。そのまた父さんが死んじまう前に聞いたって。つまり、あんたのかみさんはサンタ・ローザ族でよ、何ともつまらんやつだったってな。それに、赤い死（レッド・デス）の前には安ウェートレスしてたってよ。とはいっても、俺には安ウェートレスって何だかわかんねえけどな。おまえ、わかるだろ、エドウィン」

ところがエドウィンは、知らないというしるしに、首を横に振った。

「いかにも、家内はウェイトレスだった」と、じいさんは認めた。「だが、彼女はいい女で、おまえの母親は彼女の娘だった。あの病気のあとでは、女がえらく少なくなっておってな。彼女が、わしの見つけられるたった一人の女房だったんだ。おまえの父が言う通り、安ウェイトレスではあったがな。だが、わしらの先祖をそんなふうに言うのはよくない」

「父さんの話じゃ、最初のおかかえ運転手の女房は、レディだったそうだ――」

「レディって何だよ？」と、フー・フーが強い調子で訊いた。

「レディというのは、おかかえ運転手の女(スコウ)のことさ」と、ヘア・リップがすかさず答える。

「最初のおかかえ運転手は、わしが言ったように、ビルという庶民だった」と、老人が説明する。「が、そいつの女房というのがレディ、つまり身分の高いレディだったのだ。赤死病の前には、彼女はヴァン・ウォーデンの妻だった。ヴァン・ウォーデンというのは、〝産業王会議〟の議長で、アメリカを牛耳(ぎゅうじ)っている十二人の男の一人だった。十八億ドルの金持ちだった――おまえがその小袋に入れて持っている硬貨を十八億枚も持っておったんだ、エドウィン。そこへ赤死病がやって来て、彼の妻は最初のおかかえ運転手のビルの女房になったんだ。ビルは、よく彼女を打ちすえたもんだ。わしがこの目で見たんだからな」

フー・フーは、腹ばいに寝そべり、何とはなしに足の指で砂を掘っていたが、大きな声をあげ、初めは自分の足の指の爪を、次には自分の掘った小さな穴を調べた。ほかの二人の少年もフー・フーに加わって、砂を手で急いで掘っていると、やがて三つの骸骨が出てきた。二つは大人のもので、あとの一つはある程度成長した子供のものだ。老人は地面をはうようにして進み、その発見物をじっと見入った。

「病気の犠牲者たちだ」と、老人が言いはなった。「最後の頃には、みんないたる所でこんなふうに死んでいったもんだ。これは、きっと家族だったんだろう。感染がこわくて逃げだし、この崖の家(クリフ・ハウス)の浜で死んだんだ。彼らは——おまえ、何をしているんだ、エドウィン?」

この質問は、だしぬけにうろたえたように発せられた。エドウィンが、猟刀の背を使って、骸骨のうちの一つのあごから歯を叩きだしはじめたからだ。

「こいつを糸に通すのさ」というのが、返答だった。

三人の少年は、今やせっせとそれにかかっていた。盛んにガンガンと叩く音が起こるなか、じいさんは気にもとめられないまま、ペチャクチャとお喋りを続けた。

「おまえたちは、本物の野蛮人だ。もう人間の歯を肌身につける習慣が始まったのか。あとひと世代もすれば、鼻や耳に穴を開けて、骨や貝殻の飾りを身につけるようになるだろう。わしにはわかっているんだ。人類というのは、どんどん元の原始的な暗黒状態にもどっていって、やがてまた、文明に向かって血まみれの坂を登ってゆく運命を定められているのだ。数が増えて、空いた場所の不足を感じると、互いに殺しあいを始めるわけだ。それから、おまけに、人間の頭髪つきの頭皮を腰につけることになるだろう——何しろエドウィン、おまえはわしの孫の中で一番温和な子なのに、すでにそんなつまらん豚のしっぽをつけ始めているんだからな。そんなものは捨ててしまえ、なあエドウィン、捨ててしまうんだ」

「この老いぼれが、何をギャーギャー言ってやがる」とヘア・リップが言ったが、それは歯が全部抜きとれて、三人で等分しようとしはじめたときのことだった。

三人の動きは実にすばやく唐突で、できるだけよい歯を獲得しようと激論する際の彼らの言葉ときたら、正直なところ、早口でわけのわからぬお喋りだった。単音節と短い切れぎれの文で喋り、言語というよりもわけのわからないお喋りであった。それなのに、ちんぷんかんぷんの中にも文法的な構文が多少あって、どこか優れた文化の語形変化の名残が現われていた。じいさんの言葉でさえ、ずいぶん訛(なま)っているので、そっくりそのまま書いたとしたら、読者にはまったくのたわごとになってしまうと言っていいだろう。けれどもそんなふうになるのは、彼が少年たちと話すときであった。ところが独りごとを思う存分ペチャクチャやりだすと、そのお喋りは清められて、純粋な英語へと変わってゆく。文は長くなり、リズミカルに苦もなく発音され、教壇に立っていた頃をしのばせるものであった。

「赤い死（レッド・デス）のことを話してくれ、じいさん」とヘア・リップが強い調子で言ったときには、歯を分けあう一件は、すでに三人の思い通りに片がついていた。

「赤死病（スカーレット・プレイグ）」と、エドウィンが訂正した。

「だけど、あのけったいな、ちんぷんかんぷんなことは言うなよ」と、ヘア・リップが続ける。「物のわかった口のきき方をしろよ、じいさん。サンタ・ロウザ族の者みてえに喋るんだ。ほかのサンタ・ロウザ族のやつらは、おまえみてえな口のきき方はしやしねえぜ」

Ⅱ

老人は、そんなふうに話を求められたことに満足そうな顔をした。彼は、咳ばらいをして話を始めた。

「二十年か三十年前には、わしの話は引っぱりだこだった。それがこの頃ときたら、誰も関心がなさそうだ――」

「ほら、また始まった！」と、ヘア・リップが怒って叫ぶ。「そんなけったいなことはやめて、物のわかった口のきき方をしろ。関心が、って何だ？ おまえの喋り方ときたら、何にも知らねえ赤ん坊みてえだぜ」

「放っておけよ」と、エドウィンが主張する。「でないと、じいさん怒って、何にも喋らんぞ。けったいなところは飛ばすんだ。じいさんの喋ることをちょっとでもわかるようにすればいいのさ」

「始めろ、じいさん」と、フー・フーがけしかける。というのも、老人がすでに、年長者に対する無礼と、全人類が高度の文化から原始的な状態へと陥る無残さに逆もどりしていったことについて、だらだらと話しはじめていたからだ。

話が始まった。

「その頃は、世界にひじょうに大勢の人間がいた。サンフランシスコだけで、四百万(ミリオン)だ——」

「百万(ミリオン)って何だい?」と、エドウィンが口をはさむ。

じいさんは、優しくエドウィンを見た。

「そう、おまえたちは十以上数えられないんだな。それじゃ教えてやろう。両手を上げてみろ。両方合わせると、全部で指は十本あるな。ようし。さてわしは、この砂をひと粒取ってみる——おまえ、これを持つんだ、フー・フー」老人は、砂粒を少年の手のひらに落として、話を続ける。「さてその砂粒は、エドウィンの十本の指ということにする。そこにもうひと粒加える。すると、さらに十本の指だ。そして、もうひと粒、もうひと粒、もうひと粒と加えてゆくと、エドウィンの指の数と同じだけの砂粒を加えたことになる。それで、わしが百と呼ぶものになる。その言葉を覚えておけ――百だぞ。さてわしは、この小石をヘア・リップの手に置く。それで砂十粒というか、十本の指が十というか、百本の指ということだ。小石を十個置くぞ。その十個は、千本の指ということだ。わしは、貽貝（いがい）の貝殻を取ってみる。すると、それは小石十個というか、砂百粒というか、千本の指ということだ。……」

そんなふうにして、苦労して、ずいぶんとくり返しをしながら、老人は少年たちの心に大ざっぱな数の概念を形成しようと努めた。数が増えるにしたがって、老人は、少年たちのそれぞれの手に違った大きさのものを持たせていった。さらに総数が大きくなると、流木の丸太の上に印（シンボル）になるものを置いた。そして、印になるものに困ると、やむなく百万（ミリオン）には骸骨から取った歯を、十億にはカニの甲羅を使うのだった。ここまでくると、老人はもうやめた。少年たちが、いや気のさした様子を見せていたからである。

「サンフランシスコには、四百万の人間がおった――歯が四つというわけだ」

少年たちが注ぐ目は、歯から始まって、手から手へ、小石や砂粒を経て、エドウィンの指へと移ってゆく。それからまた逆順をたどり、そのような信じがたい数を把握しようと努めた。

「そいつは、大勢の人間だったんだな、じいさん」とエドウィンが、とうとう思いきって言った。

「ここの浜の砂みたいに、浜の砂みたいにだ、砂のひと粒ひと粒が、男や、女や、子供というわけだ。そうなんだよ、それだけの人間がみんな、このサンフランシスコに住んでいたんだよ。そしてかつては、それだけの人間がみんなしてこの浜にやって来たんだ――砂粒よりもっと大勢の人間さ。もっと――もっと――もっとな。それに、サンフランシスコは立派な都会(まち)だったんだよ。そして湾〔サンフランシスコ湾〕の向こう〔東側〕には――去年一緒に野宿(キャンプ)をしたところには、さらにもっと大勢の人間が住んでいた。リッチモンド〔サンフランシスコ湾の東側の最北端部に位置する市〕岬からずうっと、平地や丘にも、サン・リアンドロウ〔サンフランシスコ湾の東側の中ほど、オークランド市の南に位置する市〕あたりまでずうっと――七百万人という大都会だ。――歯が七本……そうだ、その通り、七百万だ」

再び少年たちの目が、エドウィンの指から丸太の上の歯へと移っていった。

「世界は、人間でいっぱいだった。二〇一〇年の人口調査では、世界全体で八十億の人間がいた――カニの甲羅八つ、そう、八十億だ。今みたいじゃなかったんだ。人類は、食べ物を手に入れることについては、今よりはるかによく知っておった。だから、食べ物が増えれば増えるほど、人の数も増えた。一八〇〇年には、ヨーロッパだけで一億七千万人いた。ところがその百年後には――砂粒が十だな、フー・フー――百年後の、一九〇〇年には、ヨーロッパに五億人いた——小石が五つだ、フー・フー。つまりそれは、食べ物を手に入れるのがどれほど容易で、したがってどれほど人間が増えていったかということだ。それから二〇〇〇年になると、ヨーロッパに十五億人いた。ヨーロッパ以外の世界じゅうで同様に増えておった。そこのカニの甲羅が八つだ、そう八十億の人間がこの地球上に生きていたときに、赤死病が始まったわけだ。

あの病気が現われたとき、私は若者だった——二十七歳だったよ。サンフランシスコ湾の向こう側の、バークリー〔湾の東側オークランド市の北側に隣接する市。カリフォルニア大学の本校所在地で知られる〕に住んでおった。おまえはあそこの大きな石の家がいくつかあったのを覚えてるだろ、エドウィン、コントラ・コスタから丘を下ってきたときのことだ? あそこにわしは住んでおった、あの石の家にな。わしは、英文学の教授をしていたんだ」

老人が今述べたことの多くは少年たちの理解を超えてはいたが、三人はこの過去の話をぼんやりと理解しようとした。

「あの石の家は、何のためにあったんだ?」と、ヘア・リップが訊いた。

「おまえの父さんがおまえに泳ぎを教えてくれたときのこと、覚えてるだろ?」少年はうなずいた。「そうだな、カリフォルニア大学——それが、わしらがあの家につけた名前なんだが——あそこでわしらは、若い男女にものの考え方を教えていたんだ。その頃どれぐらいの人間が住んでいたかを知るために、わしがおまえたちにたった今、砂と小石と貝殻とで教えてやったようにな。教えることは山ほどあった。わしらが教えていた若い男女は、学生と呼ばれておった。わしは、一度に四十人か五十人に向かって話をした。ちょうど今おまえたちに話をしてやっているみたいにな。その当時よりも前にほかの人たちが書いた本について、彼らに話をしたんだ。また時には、当時に書かれた本についてもな——」

「じいさんのしたのは、それだけか？——ただ喋って、喋って、喋るばっかりだったのか？」と、フー・フーが強い調子で訊いた。「誰がじいさんのために肉を狩りに行ったんだ？　やぎの乳をしぼったのは？　魚をつかまえたのは？」

「もっともな質問だ、フー・フー、もっともな質問だよ。さっきも言ったように、その当時は、食べ物を手に入れるのはたやすいことだったんだ。わしらはすごく賢かった。わずかな人間が、大勢の人間のために食べ物を手に入れた。わしはいつだって話をした。おまえの言うように、わしは話をしたんだ。それ以外の連中は、ほかのことをした。食べ物がわしに与えられた——たくさんの食べ物、みごとな食べ物、願ってもない食べ物、それは、わしがこの六十年来味わったこともなければ、もう二度と味わうこともない食べ物だったよ。時々思うんだが、わしらのとてつもない文明で最もすばらしい偉業は、食べ物だったな——信じられないぐらい量が豊富で、種類が無限で、そのうまいことといったら驚くばかりだった。ああ、孫たちよ、わしらにあんなにすばらしい食べ物があったあの頃こそは、まさに人生らしい人生だったよ」

こんなことを聞いても少年たちにはわからず、彼らはそんな言葉や考えを単なる老いぼれの取りとめのない話として聞き流した。

「わしらの食べ物を手に入れる者たちは、自由民と呼ばれた。それは冗談だったんだがな。わしら支配階級の者が、すべての土地、すべての機械、何もかもことごとく所有しておったからな。そいつら食べ物を手に入れる者たちは、わしらの奴隷だったのだ。わしらは彼らの手に入れる食べ物のほとんどすべてを取り、彼らにはわずかばかり残してやった。彼らも食べて働き、わしらにもっと食べ物を用意するようにな——」

「俺だったら、森ん中へ入って、自分で食べ物を手に入れただろうぜ」と、ヘア・リップが言いはなった。「そして、もし誰かがその食べ物を俺から奪い去ろうとでもしやがったら、俺はそいつを殺しちまっただろうぜ」

老人は笑った。

「わしら支配階級の者が、すべての土地、すべての森、何もかもことごとく所有しておったと、わしは言わなかったかな？ わしらのために食べ物を手に入れようとしないやつなどいたら、わしらはそいつを罰するか、飢え死にさしてやったさ。だけど、そんなことをするやつは、まずいなかったよ。彼らは、わしらのために食べ物を手に入れ、わしらのために衣服を作り、千もの──貽貝だ、フー・フー──千もの満足と喜びを準備し与えるほうがよかったのさ。それにわしはその頃、スミス教授──ジェイムズ・ハワード・スミス教授だった。そしてわしの講義は、えらく受けがよかった──つまり、若い男女の実に多くが、ほかの人たちの書いた本についてわしが喋るのを聞きたがったんだ。

それでわしは、たいそう幸せで、願ってもない食べ物にありついたんだよ。それに、わしの手は柔らかかった。手を使って仕事をしたりなんかしなかったからだ。それに、体だってどこも清潔で、一番柔らかい衣服を着ておったんだ──」老人は、うんざりしながら、そのうす汚いやぎの皮をまじまじと眺めるのだった。「わしらはその頃、こういうものは着ていなかった。奴隷でさえ、もっとましな衣服を着ておった。そしてわしらは、すごく清潔だった。毎日何回も顔や手を洗った。おまえたちなど、川にはまるか泳ぎに行くのでなけりゃ、ぜったいに洗ったりなんかしないだろ」

「おまえだってそうだろ、じいさん」と、フー・フーが言いかえした。

「わかっとる、わかっとる。わしは、汚い老人だ。それにしても、時代は変わったよ。この頃では誰も洗わないし、便利なものだって何もない。わしは、石けんなんて見とらんからな。おまえたちは石けんがどんなものか知らんが、話してもやらんよ。今は赤死病の話をしているんだもんな。病気がどんなものかは知っとるだろ。わしらは、疾患と呼んでおった。疾患のひじょうに多くは、いわゆる病原菌なるものから起こってきた。この言葉――病原菌というのを覚えておくんだ。病原菌は、ひじょうに小さいやつだ。森林ダニみたいで、春になって犬が森の中を走ると、つけてくるやつさ。ただし、病原菌というのはひじょうに小さい。すごく小さいので、見ることもできんのだ――」

フー・フーが笑いだした。

「おめえは変なやつだぜ、じいさん、見えないもののことなんか喋るんだからな。見えねえのに、どうやってわかるんだよ？ そこんとこが、俺の知りてえところだ。見えないものをどうやって知るんだい？」

「いい質問だ、なかなかいい質問だよ、フー・フー。でもな、わしらはたしかに見たんだ――そのいくつかをな。わしらには顕微鏡や超顕微鏡というものがあって、それを目に近づけて、のぞいて見る。そうすると、実物よりもっと大きく見えるんだ。顕微鏡がなかったら全然見えないものが、たくさん見えるってわけだ。一番上等の超顕微鏡だと、一つの病原菌を四万倍大きく見せることができたんだ。貽貝一個は、エドウィンのような指が千本だ。貽貝を四十個取ってみろ。そうすれば、それだけの大きさが、顕微鏡でのぞいて見たときの病原菌だ。またそのあとには、ほかにもいろんな方法ができた。映画というものを使って、その四万倍の病原菌をさらに何万倍にも大きくしたんだ。そんなふうにして、自分らの目では見えないこうしたものをみんな見たんだ。砂粒を一つ取ってごらん。それを十個に割る。十個のうちの一つを取って、それをまた十個に割る。その十個のうちの一つをまた十個に割る。そして、そのうちの一個を十個に、またそのうちの一個を十個に、という具合に、そんなことを一日じゅうやる。そうすればたぶん、日が暮れるまでに、病原菌の一つと同じぐらい小さいやつができるだろうよ」

少年たちは、あからさまに疑いぶかかった。ヘア・リップは鼻であしらってあざ笑い、フー・フーはクスクス笑ったが、そのうちエドウィンが二人を肘でつついて黙らせた。

「森林ダニは犬の血を吸うが、病原菌はものすごく小さいから、体の血の中にじかに入りこみ、そこに大勢の子供を作るんだ。あの頃は、十億ほども――一人の人間の体の中にそのカニの甲羅ほど――いたんだ。わしらは、病原菌のことを微生物と呼んでおった。そいつが数百万、いや十億も人間の血の中のいたる所にいると、その人間は病気になった。こうした病原菌が、疾患というものだったんだ。その種類は、ずいぶんいろいろあった――この浜にある砂粒以上に違ういろんな種類だ。わしらは、そのうちのほんのわずかしか知らなかった。微生物の世界というのは隠れた世界、つまり、わしらには見えない世界で、それについてはほとんどわからなかった。それでも、多少のことはよくわかっておった。炭疽菌がいたし、微球菌というのがいたし、桿菌、それから乳酸菌というのがいた――この乳酸菌というのは、やぎの乳を今の世までも酸っぱくするやつだよ、ヘア・リップ。そして、分裂菌というのが無限にいた。それから、そのほかにもいっぱいいたんだ……」

ここに至って老人は、病原菌とその性質に関する論考にとりかかった。が、ひどく並はずれて長く無意味な言葉や言いまわしを使うものだから、少年たちは互いににやにやと笑いかけ、寂しい海のほうを見て、そのうち老人がペチャクチャと喋りつづけていることも忘れてしまったのだった。

「それより赤死病のことだよ、じいさん」と、ついにエドウィンが水を向けた。

じいさんは、ハッと気づいて冷静になり、驚いて講堂の演壇から身を振りきって離れた。

実は、六十年前の別世界の聴衆に向かって、病原菌とその疾患に関する最新の理論の解説をやっていたのだった。

「そうだ、そうだったな。エドウィン。わしは忘れとったよ、時々、過去の記憶が強烈になるもんだから、わしは自分が汚い年寄りで、やぎの皮をまとい、原始時代のような荒れ野でやぎの番をしている野蛮な孫たちと歩きまわっていることを忘れてしまうんだよ。『はかなきもの、あわのごとくつひえ去り』、そんなふうにして、わしらのみごとな巨大文明も消滅してしまったのさ。わしはじいさん、くたびれた年寄りだ。サンタ・ロウザ族に属している。結婚して、あの種族に入ったのだ。わしの息子たちや娘たちは結婚して、おかかえ運転手族、サクラメント族、それにパロウ・アルトウ族に入った。ヘア・リップ、おまえはおかかえ運転手族だ。エドウィン、おまえはサクラメント族だ。それからフー・フー、おまえはパロウ・アルトウ族だ。おまえの種族はその名前を、別の大きな学問の機関の所在地の近くにある町から取ってあるんだ。スタンフォード大学と呼ばれておった。そうだ、今思いだしたよ。申し分なくはっきりとな。わしはおまえたちに、赤死病の話をしていたんだな。どこまで話していたのかな?」

「病原菌のことを話してたんだよ。目には見えないけど、人間を病気にさせるやつのことさ」と、エドウィンが水を向ける。
「そうだ、そこんところまでいってたな。人間は、こうした病原菌がほんのわずかぐらい体の中へ入っても、初めのうちは気がつかないんだ。ところが、それぞれの病原菌が半分に割れて、二つの病原菌になり、そういうことをひどく速く続けていると、まもなくそいつが体の中に何十億とできるんだ。すると、人間は病気になる。疾患を持つと、その疾患は体内にいる病原菌の種類にしたがって名前がつけられる。はしかのこともあれば、流行性感冒（インフルエンザ）のこともあるし、黄熱病のこともあるだろう。何百万種類という疾患のどれになるかはわからんのだ。

ところで、こうした病原菌のわけのわからないところというのは、この点なんだよ。いつだって新しいやつが現われて、人間の体の中に住むんだ。ずうっと大昔、世界にほんのわずかの人間しかいなかった時分には、疾患なんかほとんどなかった。人間が増え、大都市や文明の中で互いに身を寄せあって暮らすようになると、新しい疾患が現われ、新しい種類の病原菌が人間の体内に入った。そうして、何百万、何十億という無数の人間が殺されたというわけだ。そして、人間が密集すればするほど、現われた新しい疾患もいっそう恐ろしいものとなった。わしの時代よりもずっと以前の、中世の時代には、黒死病（ブラック・プレイグ）〔一六六四―六五、英国ロンドンに発生した腺ペト」というのがあって、ヨーロッパじゅうに広がった。何度もヨーロッパじゅうに広がったのだ。結核というのもあって、こいつは人間が密集しているところであればどこだろうと、体内に入ってきた。わしの時代の百年前には、腺ペストというのがあった。それからアフリカには、眠り病というのがあった。細菌学者たちは、こうした病気のすべてと戦い、それらを撲滅した。ちょうどおまえたちが狼どもと戦ってやぎに近づけないようにしたり、あるいは、おまえたちの体にとまる蚊をつぶすのと同じようにな。細菌学者たちは——」

「ちょっと、じいさんよ、その何とかかんとかというのは何だい？」と、エドウィンが口をはさんだ。

「エドウィン、おまえはやぎ飼いだ。おまえの仕事は、やぎの見張りをすることだ。おまえは、やぎのことにかけてはひじょうによく知っておる。細菌学者というのは、病原菌の見張りをしているんだ。それがそいつの仕事で、そいつは病原菌のことにかけてはひじょうによく知っておる。だから、さっきも言ったように、細菌学者は病原菌と戦って、それらを撲滅した——時にはな。ハンセン病というのがあった、ひどい疾患だ。わしが生まれる百年前に、細菌学者たちはハンセン病の病原菌を発見した。彼らは、その病原菌にかけては何でも知っておった。写真も撮った。わしも、その写真を見た。だが彼らは、そいつを殺す方法をどうしても見つけられなかった〔本書執筆当時は不治の病とされたが、現在では、新薬の出現により結核などと同じように治療可能となっている〕。そんなことより一九八四年に、パントブラスト病というのが出て、こいつはブラジルという国で起こり、何百万もの人々を殺した。それでも細菌学者たちは、そいつを見つけだし、そいつを殺す方法を見つけた。だから、パントブラスト病はもうそれ以上広がらなかった。細菌学者たちが血清というものを作り、それを人間の体に入れると、人間を殺さずにパントブラスト菌を殺したのだ。それから一九一〇年には、ペラグラ〔皮膚紅斑、消化器・神経系の障害を伴う病気〕というのがあったし、十二指腸虫というのもあった。こういうのは、細菌学者たちによっていとも簡単に殺されたよ。ところが一九四七年になると、それまで一度も見られたことのなかった新しい疾患が現われた。そいつは、生まれてたった十ヵ月になるかならずの赤ん坊の体内に入って、赤ん坊の手足を動かすことも、食べることも、どうすることもできないようにしてしまったのだ。それで細菌学者たちは、十一年もかかって、その特殊な病原菌を殺して赤ん坊を救う方法を発見したんだ。

こうしたあらゆる病気や、引きつづいて現われてくるあらたな病気にもかかわらず、世界では人間がますます増えていった。それは、食べ物が手に入りやすかったからだ。食べ物が手に入りやすくなればなるほど、それだけ人間の数が増えた。人間の数が増えれば増えるほど、それだけ地球上で人間が密集して暮らすようになり、それだけいっそう新しい種類の病原菌が疾患となった。警告が発せられた。ソルダーヴェッツキーが早くも一九二九年に細菌学者たちに言っておったのは、彼らの知っているどんな疾患より千倍も命にかかわる何か新しい疾患が起こって、何億、何十億もの人を殺すことになっても、それに対する何の保障もないということだった。いいか、微生物の世界というのは、最後まで謎のままだったんだよ。彼らには、そういう世界があって、時々新しい病原菌の大群がそこから現われては人間を殺すということがわかっていたんだ。が、彼らの知っているのはそこまでだったよ。彼らの知っているかぎりでは、その見えない微生物の世界には、この浜の砂粒と同じぐらい違った種類の病原菌がいるかも知れない、ということだった。それからまた、その同じ見えない世界には、おそらく新しい種類の病原菌が現われるだろう、ということだった。生命が源を発するところは、そこかも知れない——『底なしの生産力』、ソルダーヴェッツキーは、彼よりも前の人たちが書いた言葉を用いて、そう呼んだがな……」

話がここまできたとき、ヘア・リップはひどい軽べつの表情を顔に浮かべながら立ちあがった。

「じいさんよ」と、彼は言いはなった。「あんたのわけのわからねえお喋りには、うんざりするぜ。どうして赤い死のことを喋らねえんだ？　そのつもりがねえんなら、そう言いな、そしたら俺たち野営地（キャンプ）へもどるから」

　老人はヘア・リップを見ると、黙って泣きだした。老齢からくる弱気の涙が両頬を流れ落ち、その悲嘆にくれた顔つきには、八十七年間の衰弱ぶりがどっと表われていた。

「すわれよ」とエドウィンが、なだめるように忠告した。「じいさんは大丈夫だ。これから赤死病の話をしようってんだよ、なあ、じいさん？　今すぐその話をしてくれるんだから。すわれよ、ヘア・リップ。さあやってくんな、じいさん」

Ⅲ

老人は垢で汚れた指の関節で涙をぬぐうと、かん走った震え声で話の続きを始めたが、そうした声も物語の調子をつかむと、しっかりとしたものになっていった。

「あの疫病が発生したのは、二〇一三年の夏だった。わしは二十七だったから、そのことをようっく覚えとる。無線電報が――」

ヘア・リップが、いや気がさしたように大きな音を立てて唾を吐いた。それでじいさんは、あわてて話を継ぎ足した。

「その頃、わしらは空中を通じて話をしておった。何千マイルも離れてな。そこへ、わけのわからない病気がニューヨークに起こった、という知らせ（ニュース）が入ってきた。当時、そのアメリカ一立派な都会には、千七百万の人々が住んでおった。誰一人として、そんなニュースのことなど考えたりしなかった。そんなことは、つまらんことにすぎなかったのだ。死んだ者は、ほんのわずかだけだった。けれどもどうやら、その死に方がえらく速く、しかも、その病気の最初の徴候の一つとして顔と体全体が赤色に変わる、ということらしかった。二十四時間と経たないうちに、シカゴでも最初の患者が出た、という報道が入った。そして、同じ日に公表されたのは、シカゴに次ぐ世界最大の都会ロンドンが、二週間にわたってひそかにその疫病と戦っていたのに、そのニュース速報を抑えていた——つまり、ロンドンにその疫病が発生しているという知らせを世界じゅうに出ていかないようにしていた、ということだ。

由々しき事態のようだったが、カリフォルニアにいたわしらは、ほかのどことも同じように、びっくりしたりなんかしなかった。細菌学者たちがこの新しい病原菌に打ち勝つ方法を見つけてくれるものと確信しておったのだ。ちょうど、彼らが過去にほかの病原菌に打ち勝ったようにな。ところが厄介なのは、この病原菌が人間を滅ぼすびっくりするほどの速さと、この菌に入られると必ず人間の体がやられてしまうという事実だった。回復した者は誰一人いなかったんだ。昔、真性コレラというのがあったが、そのときには、たとえばおまえたちが晩にある丈夫な男と一緒に食事をするとしたら、もう次の朝には、その男がおまえたちの窓ぎわを死体運搬車で運ばれてゆくのを見るといったふうだった。しかし、今度の新しい疫病というのは、それよりも速かった——ずっと速かった。その最初の徴候が現われた瞬間から、一人一人が一時間で死んでしまうんだからな。中には数時間持つ者もおった。でも多くの者は、最初の徴候が現われて十分か十五分以内に死んだよ。

心臓がそれまで以上に速く打ちはじめ、体の熱が上がりはじめるんだ。それから、まっ赤な発疹が出て、顔や体じゅうに野火のように広がるんだ。たいていの人は、熱と心臓の鼓動が増してくるのに気づかず、はじめて知るのは、まっ赤な発疹が現われたときだ。普通には、発疹が現われたときに、痙攣(けいれん)を起こすんだ。けれども、この痙攣は長くは続かないし、大してひどいものではない。それを切りぬければ、すっかり静かになる。ただ、しびれがたちまち足のほうから体へとはい上がってゆくのが感じられるだけだ。かかとがまずしびれ、それから両脚が、そして腰がしびれるんだ。そうしてこのしびれが心臓の高さにまで達したとき、そいつは死んでしまう。わめいたり眠ったりしない。心臓がしびれ停止する瞬間まで、心はつねにあわてず落ち着いたままだ。それに、もう一つわけがわからないのは、分解の速さだ。人が死ぬとすぐ、体は見るみるうちに粉みじんになり、ばらばらに飛び散り、溶けてなくなってしまうみたいだった。そこのところが、この疫病がそんなにも速く広がった理由の一つだったんだ。死体の中の何十億という病原菌のすべてが、たちどころに自由にされてしまうんだからな。

だから、こういったあれやこれやのために、細菌学者たちには病原菌と戦うといっても機会がほとんどなかったわけだ。彼らは、実験室でまさに赤死病の病原菌の研究をやりながら殺されたんだ。英雄だったよ。彼らが死ぬとすぐ、またほかの者が進み出て、その代わりをしたんだ。はじめてその病原菌を分離したところは、ロンドンだった。そのニュースは、いたる所へ電報で知らされた。トラスクというのがこの分離に成功した男の名前だったが、三十時間以内にこの男も死んでいたよ。やがて、あらゆる実験室で、この疫病の病原菌を死なせるものを見つける苦闘が始まった。どんな薬も失敗に終わった。いいか、問題は薬か血清を手に入れることで、そうすれば、体内の病原菌は殺しても体を殺すことはないわけだ。彼らは、ほかの病原菌と戦わせようともした。病人の体内に、あの疫病の病原菌の敵である病原菌を入れることによってな――」

「それにしても、その病原菌ってやつを見れやしないんだろ、じいさん」と、ヘア・リップが異議を唱えた。「なのにそんな具合におめえは、その病原菌が何でもありゃあしねえのに、まるで何かあるもんみてえに、ベラベラベラベラ喋るんだからな。見れないものなど、ありゃあしねえ、そういうこった。ありゃあしねえもんを、ありゃあしねえもんと戦わせるんだって！　その時分のやつらは、きっとみんな馬鹿だったんだろう。だから、みんな死んじまったんだ。俺は、そんなたわごとなんか信じやしねえぜ、いいな」

じいさんは即座に涙を流しはじめ、同時にエドウィンは怒って彼の弁護を始めた。

「おい、ヘア・リップ、おまえだって見れないものをたくさん信じてるじゃねえか」

ヘア・リップは、首を横に振った。

「おまえは、死んだ人間が歩きまわるのを信じてるじゃねえか。おまえは、死んだ人間が歩きまわるのなんかぜったいに見たことねえだろ」

「ほんとに見たぜ、この前の冬にな。父さんと一緒に狼狩りに出かけたときさ」

「まあよかろう、おまえは流れている水を渡るときに、いつも唾を吐くよな」と、エドウィンが異議を申し立てる。

「ありゃあ、不運を寄せつけないためさ」と、ヘア・リップが弁明する。

「おまえは、不運なんてものを信じてるのか？」

「もちろんだ」

「それでもおまえは、不運なんてぜったいに見たこたねえんだろ」と、エドウィンは誇らしげにけりをつけた。「おまえだって、じいさんやじいさんの言ってる病原菌並みだぜ。見もしないものを信じてるんだからな。さあ続けてやってくれ、じいさん」

ヘア・リップは、このきわめて抽象的な話に負けて参ってしまい、黙りこくった。それで老人は話を続けた。こういう物語は細部で邪魔されてはならないのだが、再三再四、じいさんの話は腰を折られ、少年たちは互いに口論しあうのだった。おまけに三人は、たえず低い声で説明や推測のやりとりを続けながら、老人が語る知られざる消えうせた世界の話についていこうと努めるのだった。

「赤死病は、サンフランシスコに起こった。はじめての死者は、月曜日の朝に出たんだ。木曜日までに、オークランドとサンフランシスコでばたばたと死んでいったよ。所かまわずに死んだ――ベッドで、仕事中に、通りを歩いているときにな。わしが自分とかかわりのある最初の死者を見たのは、火曜日のことだった――コルブラン嬢といって、わしの学生の一人でな、教室の、わしのすぐ目の前にすわっておった。わしは、喋りながらその子の顔に気がついた。いきなりまっ赤な色に変わったんだ。わしは話すのをやめて、その子の顔を見ることしかできなかった。疫病の最初の恐ろしさがすでにわしら全員に降りかかっており、とうとう来たことがわかっていたからだ。若い女性たちは悲鳴をあげ、教室から逃げだした。若い男たちも逃げだしていった、二人以外は全員がな。コルブラン嬢の痙攣はごく軽いもので、一分間も続かなかった。若い男たちの一人が、コップ一杯の水を彼女に持ってきてやった。彼女はそれをほんの少しだけ飲むと、悲鳴をあげた。

『わたしの足が！　感覚がまるでなくなってしまったわ』

一分後に彼女はこう言ったよ。『足がないわ。足がある気がしないの。それに、膝が冷たいわ。膝があるという感じがほとんどしないの』

彼女はひと束のノートを枕がわりにして、床に横になった。それでもわしらは、どうすることもできなかった。冷たさとしびれとが徐々に腰から胸へと広がっていって、それが心臓に達したとき、彼女は死んでいたよ。時計では十五分で——わしは時間を計ってたんだ——彼女は死んだよ、その場で、わしの教室で、死んだんだ。しかも彼女は、とてもきれいで、丈夫で、健康な若い女性だったんだ。なのに、その疫病の最初の徴候が出てから死ぬまで、たったの十五分しか経過していなかった。それからしても、赤死病がどんなに速いものだったか、おまえたちにもわかるだろう。

それでも、わしがその死にかかっている女性と教室に残っていた数分間で、もう驚きは大学じゅうに広まっていて、学生たちは何千人となく、全員が、教室や実験室から逃げだしてしまっておった。教室から出てきて、学部長に報告をしに行く途中、わしは大学がもぬけの殻になっているのに気がついたよ。構内には、連れにはぐれた者が何人か家に向かって急いでおった。そのうちの二人は、走っていたよ。

ホウエイグ学部長は、たった一人で自分の研究室(オフィス)にいたが、ずいぶん年をとり、ずいぶん白髪(しらが)が増えたように見え、その顔にはわしがそれまで見たこともなかった皺(しわ)がいっぱいできていた。わしを見ると、彼は難儀そうに立ちあがり、ひょろつきながら奥の部屋へ行ってしまい、ドアをバタンと閉めて、鍵をかけてしまったよ。いいか、彼はわしが病気に感染しやすくなっているのを知っていて、おっかなかったのだ。ドア越しに、立ち去れ、とわしに叫びおった。わしは、しーんとした廊下から外の誰一人いない構内を歩いていったときの気持ちを決して忘れやしないだろう。わしは、こわいことなどなかった。もう病気にさらされたのだし、自分はもう死んだも同然と思っていたんだ。わしが閉口したのは、そのことではなくて、ひどい意気消沈の気持ちだった。何もかもが、止まってしまったんだ。わしにとっては、まるで世界の終わりみたいだった——わしの世界のな。わしは、大学が見聞きできるところで生まれたんだ。そこは、わしが一生の仕事をやるべく定められたところだった。わしの父はそこでわしの前に教授をしていたし、その父親もそうだった。一世紀半というものこの大学は、すばらしい機械みたいに、絶え間なく動きつづけておった。ところが今や、瞬く間に、止まってしまったのだ。それは、まるで聖火がどこかのひじょうに神聖な祭壇で消えるのを見ているみたいだった。わしには衝撃だった、言いようもなく衝撃だったよ。

家に着いてみると、うちの家政婦はわしが入ってくるのに悲鳴をあげ、逃げてゆきおったよ。それからわしがベルを鳴らすと、今度は女中も同じく逃げたのがわかった。わしは調べてみた。台所では、料理人が出てゆくところだった。けれどもこの女も悲鳴をあげ、あわてていたものだから身のまわり品を入れたスーツケースを落とし、家から駆けだして庭を横切っていったが、まだ悲鳴をあげておった。わしは、いまだにあの女の悲鳴が聞こえるよ。いいか、わしらが並みの病気にやられたぐらいなら、こんなふるまい方なんかしなかった。そうした事態にはいつだって落ち着いておったし、対処の仕方だって心得ている医者や看護婦を呼びにやったものだ。ところが今度は、それまでとは違っていた。あまりにも突然襲ってきて、アッという間に殺し、一撃もはずさなかった。まっ赤な発疹が人の顔に出たら、その人は死に取りつかれるわけだ。知られている回復例など、一つとしてなかったよ。

わしは、自分の大きな家に一人おった。前にも何度も話した通り、その頃わしらは互いに電話とか空中を通して喋ることができた。電話のベルが鳴ったので、出るとわしの弟が話しかけていた。弟の話では、わしから疫病がうつるのがこわいから家には帰らない、それに、二人の妹はベイコン教授の家に泊めてもらう、というんだ。さらに、わしに今いるところを動かずに、わしが疫病にかかっているかどうかわかるまで待つように、と忠告をしおった。

この話を何もかもわしは承知し、家にじっといて、生まれてはじめて料理をやってみたよ。それでも疫病は、わしには現われなかった。電話を使って、わしは誰とでも好きな相手と喋って、ニュースを知ることができた。おまけに、新聞というものがあって、わしはそれらを全部玄関先に放りこんでくれるように注文したが、それは世界のほかのところがどんなことになっているのか知れるようにするためだったんだ。

ニューヨーク市とシカゴは、大混乱状態だった。そして、その二つの都会に起こったことは、あらゆる大都会でも起こっていたんだ。ニューヨークの警官隊の三分の一が死んでおった。そのボスも死んでいたし、市長だって同じように死んでいた。法と秩序はすべて停止してしまった。死体は、埋葬されないまま通りに横たわっていた。大都会へ食べ物や何やかやを運んでくる鉄道や船もみな走るのをやめ、腹をすかした貧乏人が暴徒となって店や倉庫を略奪しておった。殺人や強盗や酒びたりといったことは、どこにでもあった。すでに人々は、何百万人となくこの都会から逃げだしておった——最初は金持ちが自家用車や気球に乗って、次には大多数の住民が歩いて、疫病をかかえて、彼らも飢えておったから、道々農夫や町や村をことごとく略奪していった。

無線通信士というこのニュースを送った男は、ひじょうに高い建物のてっぺんで、その器械を相手に一人でおった。街の中に残っている人々――その男が見積もったのによれば、数十万――は、恐ろしさと酒のために気が狂ってしまい、その男がどっちを向いても大きな火事が猛威をふるっておった。その男は英雄だったよ、自分の持ち場を離れなかったその男は――おそらくは、無名の新聞記者だったのだろう。

そいつが言うのには、二十四時間というもの、大西洋横断の飛行船が一機も到着しておらず、イギリスからはもう何の通信も入ってきていない。けれども、そいつがはっきりと言ったんだが、ベルリン――ドイツの街だ――からの通信によれば、あのホウフマイヤーというメチニコフ大学の細菌学者が疫病の血清を発見した、というのだ。今までそれが、アメリカのわしらがヨーロッパから受けとった最後の言葉だった。たとえホウフマイヤーが血清を発見していても、もう遅すぎたんだ。そうでなければ、こうなるずっと前に、ヨーロッパからの踏査隊がわしらを捜しにやって来ていただろうからな。わしらに結論として言えるのは、アメリカで起こったことはヨーロッパでも起こり、しかも、あの大陸全体で、まあ百人そこそこが赤死病を免れたかも知れないということぐらいだ。

あと一日だけ、ニューヨークからの速報は入りつづけた。そのあとは、それも止まってしまった。速報を送っていた男は、その高い建物にいたが、疫病で死んだか、それとも、自分のまわりで猛威をふるっていると述べていた大火事で焼き尽くされてしまったかしたのだろう。そして、ニューヨークで起こったことが、ほかのあらゆる都市でもくり返されていたんだ。それは、サンフランシスコでも、オークランドでも、バークリーでも同じことだった。木曜日までには人々がものすごく早く死んでゆくものだから、死体を処理できなくなり、それらはいたる所に横たわっていたよ。木曜日の夜には、人々があわてふためいて田舎へどっと逃げだした。まあ考えてもごらん、おまえたち、サクラメント川で見た鮭（さけ）がさかのぼるのよりもいっぱいの人々が、何百万となくいろんな街からどっとなだれ出て、狂ったように田舎へと向かうんだ。どこにでも姿を現わす死を免れようという、無駄な努力だったのにな。いいか、みんながあの病原菌をかかえておったんだ。山や砂漠の砦（とりで）に向かって逃げる金持ちたちの飛行船でさえ、あの病原菌をかかえておったんだよ。

これらの飛行船は何百隻となくハワイへ逃れたが、彼らは疫病を一緒に持ちこんだばかりか、自分たちが着く前にすでに向こうでも疫病が起こっているのを知ったんだ。このことをわしらは電報で知ったんだが、しまいにはサンフランシスコの秩序もすっかりなくなり、受信したり送信したりする通信手が誰も持ち場にいなくなってしまった。こんなふうに世界との交信ができなくなるなんて、びっくり仰天だった。それは、まさしく世界が終わってしまったかのような、滅ぼされてしまったかのようだったよ。六十年間というもの、あの世界はもはやわしにとって存在してはいないんだ。ニューヨーク、ヨーロッパ、アジア、それにアフリカといったところがあるに違いないのは知っているが、そういうところのことなどひと言も聞いたことがない――六十年間というものな。赤死病の出現とともに、世界は完全に、回復できないまでに、崩壊してしまったんだ。一万年かかってできた文化と文明は、瞬く間に終わり、『あわのごとくついえ去り』というわけだ。

わしは、金持ちたちの飛行船の話をしておったんだな。連中はあの疫病を一緒に運んだもんだから、どこへ逃げようが、死んでしまった。わしは、その中のたった一人の生き残り以外は誰とも出会うことがなかった――マンガースンというやつだ。やつは、あとでサンタ・ロウザ族の者になり、わしの一番上の娘と結婚した。あの疫病のあと八年してから、サンタ・ロウザ族に入った。そのとき十九だったが、結婚できるようになるのにさらに十二年待たねばならなかったよ。何しろ、結婚してない女がいなかったし、サンタ・ロウザ族の年上の娘たちの中にはもう予約済みの者までいたんだ。だからあいつは、わしのメアリが十六になるまで待たねばならなかったのだ。あいつの息子のギンプ・レッグだよ、去年アメリカライオンに殺されたのは。

　マンガースンは、あの疫病のとき十一だった。あいつの父親は産業王の一人で、ひじょうに富裕で、有力な男だった。そいつの飛行船のコンドル号に乗って、家族みんなで、ここからずっと北のほうにあるブリティッシュ・コロンビアの荒野へ向かって逃げておったんだ。ところが、何か事故があって、シャスタ山〔カリフォルニア州北部のカスケード山脈南部の火山。海抜四、三一七メートル〕の近くに不時着したんだ。その山のことは聞いたことがあるだろ。ずっと北のほうだ。疫病が彼らの間で発生し、この十一になる少年がたった一人助かったんだ。八年間というもの彼は一人ぼっちで、人けのない土地をさまよいまわり、自分と同じ仲間を捜したが、だめだったよ。そしてついに、南へ進んできて、わしらサンタ・ロウザ族と知りあいになったというわけだ。

　それにしてもわしは、話を先へ進めすぎたな。サンフランシスコ周辺の街から大挙して脱出が始まったとき、電話がまだ使えるうちに、わしは弟と喋ったよ。わしは言ってやったよ、こんなふうに街から逃げだすのは気違い沙汰であり、わしには疫病の徴候がまるで出ていないということ、それにわしらがやらねばならないことは、わしらと身内の者たちをどこか安全なところに閉じこめることだ、とな。わしらは大学の化学棟に決め、大量の食料を仕入れて、わしらが逃げ場へ引きこもったあと力ずくで入ってこようとする者がいたら誰であろうと武器によって防ぐつもりだった。

今言ったことがすっかりまとまると、弟はわしに、せめてあと二十四時間は自分の家にいてほしいと頼んだよ。疫病がわしに現われるのをひそかに予期しておったんだ。この頼みをわしは承知し、弟は翌日にわしを迎えにくると約束したよ。二人は、食料の持ちこみや化学棟の守りの詳細について喋りつづけたが、しまいには電話が切れてしまった。二人で話しあっている最中に、切れたんだ。その晩は電灯がつかず、わしは暗闇の中を家に一人おったよ。もう新聞も印刷されてはいなかったから、わしには外でどんなことが起こっているのか皆目わからなかった。わしには暴動を起こす音やピストルの発射音が聞こえ、窓からは、オークランドの方角にどこか大火でも起こっているのか空がぎらぎらと輝いているのが見えたよ。恐怖の夜だったな。一睡もしなかったさ。一人の男が――わけも手口もわしにはわからないが――家の前の歩道で殺されたんだ。自動ピストルの発射音が聞こえて、数分後には、その負傷したかわいそうなやつが、わしの戸口まではい上がってきて、助けを求めて大声で叫んだよ。自動ピストル二挺で武装して、わしはその男のところへ行った。マッチの火で確かめてみると、そいつは弾丸の傷で死にかかっており、同時に、あの疫病にもかかっておった。

わしは家の中へ逃げこんだが、さらに半時間もの間、そいつがうめき声や悲鳴をあげるのが家の中からも聞こえたよ。

朝になって、弟がわしのところへやって来た。わしは、値打ちのあるもので持ってゆこうと思うものは何だって手さげかばんの中へ詰めこんでおいたんだが、弟の顔を見たとき、彼がわしと一緒に化学棟へ行くのはとても無理だとわかったよ。疫病にかかっていたんだ。彼はわしと握手しようとしたが、わしはあわてて後ろへさがったよ。

『鏡をのぞいてみろ』と、わしは命令したんだ。

弟は言われた通りにしたが、自分のまっ赤な顔を見ると、その色がだんだんと濃くなってゆくのを見るにつけ、弱々しそうにがっくりと椅子にくずおれてしまったよ。

『しまった!』と、弟は言った。『やられちまった。僕の近くへ来るんじゃないぜ。僕はもう死人なんだから』

やがて、痙攣が急に弟を襲ったんだ。死ぬまで二時間かかったが、最後まで意識がはっきりしていて、足が、ふくらはぎが、腿(もも)が冷たくて感覚がなくなったと訴え、とうとうそれが心臓にまで達すると、死んでおったよ。

そうやって赤死病は、人を殺害したんだ。わしは、手さげかばんをつかんで逃げだしたよ。

通りの様子ときたら、ものすごかった。いたる所に死体が見つかるんだ。中にはまだ死んでいない者もいた。見ているうちにも、人々が顔や体が死に取りつかれて、がっくりとくずおれるんだ。バークリーではおびただしい数の火事が起こっており、一方オークランドとサンフランシスコは、どう見てもひどい大火に見舞われているようだった。炎上している煙が天空をおおっていたから、日中でも暗いたそがれ時みたいで、風向きが変わると、時々太陽がぼんやりと冴えない赤い球をのぞかせるんだ。なあみんな、正直なところ、それはまるでこの世の終わりの最後の数日みたいだったよ。

動かなくなった自動車がいっぱいあったが、それは、ガソリンと修理工場のエンジン部品とがなくなってしまったからだ。そんな一台の車のことを覚えているよ。男と女が座席で後ろにもたれたまま死んでおり、その車の近くの舗道には女がもう二人と子供が一人倒れていた。異様で恐ろしい光景が、四方八方に見られた。人々は黙ってこっそりと、幽霊みたいに、そっと通りすぎてゆくんだ——青白い顔をした女たちは幼児を抱き、父親たちは子供の手を引いてゆく。一人の者もいれば、二人連れの者もおり、家族単位の場合もある——みんなが、死の街から逃げだしてゆくんだ。食料品を持ってゆく者もおれば、毛布や貴重品を持ってゆく者もいるし、何にも持っていない者だって大勢いたよ。

食料品があったな——食べ物を売っているところだ。その店の男——わしはそいつをよく知っておったが——おとなしくてまじめなんだが、馬鹿で頑固なやつ——そいつが店を守っておった。窓やドアなど割って入られていたが、そいつは店の中にいて、カウンターの後ろに隠れており、舗道にいて押し入ってくる大勢の男たちめがけてピストルを発射しておった。入り口のところには、死体がいくつか転がっていた——その日の早いうちにそいつが殺した男たちの死体だ、とわしは判断した。遠くから見ていても、強盗の一人が隣の店——靴を売っているところだ——そこの窓を割り、わざと放火するのが見えたよ。わしは、食料品屋を助けには行かなかった。そんなことをするときなど、すでに過ぎてしまっていたんだ。文明は崩壊しつつあって、めいめいが自分のことしか考えなくなっておったんだよ」

IV

「わしは急いでその場を立ち去り、交差道路沿いに行くと、最初の角のところでまたもや悲劇に出会った。労働者階級の男二人が、子供二人を連れた男女をつかまえて、強盗をやっているところだった。わしは、その男の顔を見知っていた。もっとも、紹介されたことは一度もなかったがな。そいつは詩人で、わしはその詩に長らく敬服しておったんだよ。それでもわしは、助けには行かなかった。わしがその場に現われたとたんに、ピストルの発射音がして、その男が地面に倒れるのが見えたんだ。女は悲鳴をあげ、その人でなし連中の一人に殴られて倒された。わしが脅すようにどなると、やつらはわしに向かってピストルを発射してきたから、わしは角を曲がって逃げたよ。ここまで来ると、迫りくる大火に道をふさがれてしまった。両側の建物は燃えているし、通りは煙と炎ばかりだった。その煙の立ちこめている中のどこかからか、かん高く助けを求める女の声が聞こえてきた。けれどもわしは、その女のところへは行かなかった。人間の心というのは、そんな現場のまっただ中にあっては、鉄のように冷酷になってしまうもんだ。それに、助けを求める声があんまりにも多すぎたしな。

曲がり角までもどると、あの二人の強盗はもうどっかへ行ってしまっていなかった。詩人とその妻君は、舗道に倒れて死んでおった。それは、ぞっとする姿だったよ。二人の子供は、いなくなっていた——どこへ行ったものか、わしにはわからなかった。そして、この時になってようやくわかったんだ。わしのでくわす逃げてゆく人たちが、どうしてあんなにこっそりと、あんなに青白い顔をして、通りすぎるのかということがな。わしらの文明のただ中にあって、スラム街や労働者街では、野蛮人、未開人の類いを生みだしておったんだ。そして今、この災難のときに、連中ときたら野獣みたいに、わしらを攻撃しては殺しおった。しかも連中は、自分たち同士でも殺しあったのだ。強い酒をあおって燃えさかり、残虐非道の限りを尽くし、みんな狂ったように互いに言い争っては殺しあったんだ。わしの見た労働者の一団は、まだましな部類で、互いに結束していて、女子供をまん中に入れ、病人や年寄りは担架にのせて運び、たくさんの馬にトラック一台分の食料の積み荷を引かせて、あえぎながら街から出てゆこうとしていた。吹き流れる煙の中、通りをやって来るときの様子といったら、なかなか壮観だった。もっとも、わしがはじめて連中の行く手に姿を見せたときには、すんでのところで撃たれるところだったがな。連中が通りすぎてゆくとき、そのリーダーの一人がわしに大声を張りあげて、すまなそうに釈明した。そいつが言うには、強盗や略奪者を見かけたらすぐに殺しており、こそ泥連中から逃れる唯一の方法としてこんなふうに互いに結束している、ということだった。

ここへ来てわしははじめて、やがて再々見ることになるものを見た。練り歩いている男たちの一人に、突然あの疫病のまぎれもない徴候が現われたんだ。たちまち、その男のまわりにいた連中は離れ、そいつも、注意されるまでもなく、その場をさがって、みんなを通らせたよ。一人の女——きっとその男の妻君だったのだろう——が、あとについて行こうとした。彼女は、小さな男の子の手を引いておった。ところが夫は彼女に、そのまま行くんだ、ときびしく命じ、ほかの者たちも彼女をつかまえ、夫について行かせないようにした。こんな様子をわしは見たんだ。そしてまた、その男が顔をまっ赤にしながら、通りの反対側にある家の戸口に入るのも見たよ。その男のピストルの発射音が聞こえ、彼が息絶えて地面に倒れるところも見たんだ。

迫りくる火事にもう二度わき道へそらされたあと、わしはうまく目的地の大学にたどり着くことができた。構内のはずれで、化学棟のほうへ向かってゆく大学人の一行にでくわしたよ。連中はみな所帯持ちで、家族が一緒におり、看護婦や召使いもいた。バドミントン教授がわしにあいさつをしたが、わしには彼を見てもほとんど見わけがつかなかった。どこかで炎の中をくぐり抜けて、あごひげが焦げてなくなっていたからだ。頭には血に汚れた包帯が巻かれ、その衣服は汚かった。彼の言うには、こそ泥連中に無残な叩かれ方をし、おまけにその前夜には、自分たちの住居を守るために弟が殺された、ということだった。

構内の中ほどを横切っているとき、バドミントン教授は急にスウィントン夫人の顔を指さした。間違えようのないまっ赤な色が、出ていたんだ。たちまち、ほかの女たちみんなが悲鳴をあげ、彼女から逃げだしたよ。彼女の二人の子供は看護婦と一緒にいて、この子らもほかの女たちと一緒に走った。ところが夫のスウィントン博士は、彼女とともに残ったよ。『行ってくれ、スミス』と、彼はわしに言った。『子供たちに気をつけてやってくれ。僕は、家内と一緒にいるよ。家内がもう死んだも同然だというのはわかってはいるが、置き去りにはできんからな。あとで、もし僕が逃げだせたら、化学棟へ行くから、君は僕に気を配っていてくれて、中に入れてくれたまえ』

わしは、スウィントン博士が妻君のほうへ身をかがめて彼女の最期をなだめるのに任せ、走っていって仲間に追いついた。わしらが、化学棟の中へ入るのを許された最後だった。それからは、自動小銃で自分たちの孤塁を守った。当初の計画では、みんなで六十人がこの逃げ場に入るお膳立てをしておった。ところがあに図らんや、もともと計画していた仲間の誰もが、親類や友人や家族全員を連れてきたものだから、四百人以上にもなっていたんだ。それでも、化学棟は大きくて、離れて建っていたから、街のいたる所で猛威をふるっている大火にやられそうな危険はまったくなかった。

大量の食料が集められ、食料委員会なるものがこれを預かって、どっと集まったいろんな家族やグループに毎日割りあて量を配給したんだ。多くの委員会が設置され、わしらはなかなか有能な組織を持つようになった。わしは防衛委員会のメンバーになったが、一日めはこそ泥連中の誰も近づいてはこなかった。とはいっても、遠くに連中が見えたし、やつらの燃やしている火の煙で、いくつかのグループが構内のずっと端のほうを占拠しているのがわかったよ。酒に酔っぱらった状態が広まっていて、たびたび連中が、淫らな歌を歌ったり、気が狂ったように叫んでおるのが聞こえた。世界が崩壊して連中のまわりで廃墟と化し、そこらじゅうが炎上する煙でいっぱいになっているとき、こうした下品なやつらは思いのままに凶暴に走り、戦い、酔っぱらい、死んだ。それでも結局のところ、どうってこともなかった。誰もかれもが、どっちみち死んでいった。良いやつも悪いやつも、有能なやつもか弱いやつも、生きるのが大好きなやつも生きるのを拒絶するやつもだ。みんな死んでいった。何もかもが死んでいったんだ。

二十四時間が経ち、疫病の徴候がまったく現われなくなると、わしらは喜びあい、井戸を掘りはじめた。おまえたちも、あの大きな鉄のパイプを見たことがあるだろ。あれは、その頃に都市の住民すべてに水を送っていたものなんだ。わしらが心配したのは、街の火事によってそのパイプが破裂して、貯水池が空になってしまうのではないか、ということだった。それでわしらは、化学棟の中央の中庭のセメント床をはがして、井戸を掘った。大勢の若い男や学部学生が一緒におり、わしらは昼夜の別なく井戸掘りにかかった。それでもわしらの心配は強まった。水に達する三時間前に、パイプが涸(か)れてしまったんだ。

さらに二十四時間が経ったが、まだ疫病はわしらの間に現われなかった。わしらは助かった、と思ったよ。ところがわしらには、わしがあとになって間違いないと判断したことがわかっていなかった。すなわち、疫病の病原菌が人間の体の中に潜伏する期間は日数の問題だった、ということだ。ひとたびこの病原菌が現われると、たちまちのうちに殺害をやらかすものだから、わしらは潜伏期間もそれと同じくきわめて短いものと信じたい気持ちになっていたんだ。だから、二日経っても無傷のままでいられると、もう伝染病を免れたという考えに意気揚々としておったわけだ。

ところが三日めになると、わしらは幻滅を味わうことになった。その前の夜のことは、どうしても忘れることができないよ。わしは、八時から十二時まで夜の見張りを受けもっていて、建物の屋根から人間の生みだした輝かしいもののすべてが消えてなくなるのをじっと見ておった。地元の大火はそれはひどいものだったので、空全体が明るかった。赤いまぶしい光で、どんなに細かい活字でも読めるぐらいだったよ。世界全体が、炎に包まれているみたいだった。サンフランシスコは、二十もの大火から煙と火を吹きあげて、まるで活火山のようだった。オークランド、サン・リアンドロウ、ヘイワーズ——どこもかしこも燃えていた。それから北のほうは、リッチモンド岬までずうっと、また別の火が燃えていた。それは、畏れを与えるような光景だった。文明がな、おまえたち、文明が、炎の海とアッという間の死となって消えてゆくところだった。その夜の十時には、ピノウル岬の大火薬庫が矢継ぎ早に爆発を起こした。その震動ときたらそれはものすごかったので、丈夫な建物もまるで地震にあったみたいに揺れ、窓ガラスがことごとく割れてしまったよ。それから、わしは屋根を離れ、長い廊下を部屋から部屋へと歩きながら、驚きあわてる女たちをなだめ、事の次第を知らせたんだ。

一時間すると、一階の窓のところにいたわしは、こそ泥連中の野宿しているところで大混乱が起きるのを聞いたよ。叫び声や悲鳴、それに何挺ものピストルの発射音がした。わしらがあとで推測したところによれば、この戦いは、病気になったやつらを追いだすために、病気でないやつらが仕組んで突然引き起こされたものだったんだ。とにかく、疫病にかかった大勢のこそ泥連中が構内を横切って逃げ、わしらの戸口まで流れてきて、もたれかかった。わしらは連中にさがるようにと警告を発したが、やつらはわしらに悪態をついて、ピストルで一斉射撃を始めおった。メリーウェザー教授は、窓ぎわにいたから、即死した。弾丸が、彼の目と目の間をまともに撃ちぬいたんだよ。逆にわしらも火ぶたを切り、こそ泥連中は三人のほかはみな逃げうせた。三人のうちの一人は、女だった。三人は疫病にかかっており、向こう見ずになっていた。悪鬼みたいに、空からの赤いぎらぎらする光の中で、顔をまっ赤に輝かせながら、三人はわしらに悪態をつき発砲を続けた。男の一人をわしがこの手で撃った。そのあと、もう一人の男と女は、なおもわしらに悪態をつきながら、わしらの建物の窓の下に横たわっていたが、そこんところでわしらは、二人が疫病で死ぬのをじっと見ていなければならなかったよ。

　事態は重大だった。火薬庫の爆発によって化学棟の窓はこっぱみじんになってしまい、そのためにわしらは、その死体からの病原菌にさらされておったんだ。衛生委員会が行動要請を受け、立派に対応したよ。二人の男が外に出て死体を片づけるように求められたんだが、そうなれば、おそらく彼ら自身の命を犠牲にすることになる。何しろ、その仕事をやり終えても、二人がもう一度建物に入ることは許されていなかったからだ。教授たちの一人で独身の男と、学部学生の一人が、自ら進んで仕事を引き受けたんだ。二人はわしらに別れのあいさつをして、出ていったよ。彼らは英雄だった。ほかの四百人が生きられるように、自分の命を投げだしたんだからな。仕事をやり終えたあと、二人はちょっとの間、少し離れたところに立って、わしらをなつかしそうに見ておった。それから、別れのあいさつに手を振ると、構内をゆっくりと横切って、燃えている街のほうへと去っていったよ。

　にもかかわらず、そんなことをしたってまるで無駄だった。翌朝、わしらの中の一人がはじめて疫病に襲われたんだ——スタウト教授の家の小さな子守り女がな。弱腰で感傷的な策を弄（ろう）しているときではなかった。その子だけがやられたものとひそかに予期して、わしらは彼女を建物から追いだし、行ってしまうように命じた。彼女はゆっくりと構内を横切って去っていったが、手をもみしだき、みじめに声をあげて泣いておった。わしらは野獣になったような気がしたが、どうしようもなかったんだよ。こっちは四百人いたから、個人が犠牲にならないといけなかったんだ。

実験室の一つに三つの家族が住まいを定めていたが、その日の午後、四つもの死体と、疫病がそれぞれ違った段階で出ている者が七人いるのが見つかった。

それからだよ、恐怖が始まったのは。死んだ者はそのまま横たわったままにしておいて、生きている者は無理やり別の部屋に隔離した。疫病はわしら残っている者の間にも出はじめ、その徴候が現われるとすぐに、やられたやつを今言った隔離した部屋へ行かせたよ。彼らに触れるのを避けるには、一人で歩いていかさざるを得なかった。それは、胸も張り裂けんばかりの痛ましいことだった。だがなおも、疫病はわしらの間で猛威をふるい、部屋が次から次へと死者や死んでゆく者たちでいっぱいだった。だから、まだやられていないわしらは、次の階へ次の階へと退却してゆき、とうとうこの死者の海は、部屋から部屋、階から階をふさいでゆき、建物全体に充満していったんだ。

そこは納骨堂と化し、ま夜中には、生き残った者たちが逃げだしていったよ。武器と弾薬と大量の缶詰以外は何も持たずにな。わしらは構内のこそ泥連中とは反対側に野宿し、何人かが見張りに立つ一方で、またある者は自発的に街へ偵察に行くことを申し出たよ。馬、自動車、荷車、荷馬車、あるいは、わしらの食料が運べて、わしが広々とした土地へあえぎあえぎ進んでゆくところを見かけたことのある団結した労働者たちを見ならえるものならどんなものだって求めてな。

わしは、そうした偵察係の一人だった。それでホイル博士は、自分の自動車を家の車庫に置き去りにしてきたことを思いだして、それを捜してくれるようにわしに言った。わしらは二人一組になって偵察し、ドンビーという若い学部学生がわしについて来た。ホイル博士の家まで行くには、市の住宅区域を半マイル〔約八百メートル〕横切らねばならなかった。そこまで行くと、建物は木々や青々とした芝生の中で別々に建っており、そこでは火事が戯れを演じていて、街区をいくつもそっくり燃やしているかと思えば、街区をいくつも焼かずに飛ばしており、ある街区では一軒の家だけを焼かずに飛ばしている場合がたびたびあった。そしてここでもまた、こそ泥連中がまだ活動していた。わしらは自動ピストルを公然と手に持ち、いかにも死にもの狂いのような顔をして、連中に攻撃させないようにした。ところがホイル博士の家で、思いがけない事故が起こったんだ。火事に見舞われてもいないのに、ちょうど家に着いたとき、煙と炎がどっと吹きだしたんだよ。

家に放火した悪漢が、よろめきながら階段をおりて車道づたいに出てきおった。そいつの上着のポケットからはウイスキーの瓶がいくつも突きだしており、そいつもひどく酔っぱらっていた。わしの最初の衝動はそいつを撃つことだったんだが、そうしなかったことをずっと今まで後悔しているんだ。目は充血し、ほおひげの生えた顔の片側には切り傷があって皮がむけ血を流しており、よろよろしながら取りとめもなくひとりごとを言っており、わしがそれまで出会った中でもまったくもって一番胸の悪くなるような堕落と不潔の見本だったよ。わしはそいつを撃たず、そいつは芝生の木に寄りかかってわしらを通させた。それは、もうまったくむちゃくちゃな行為だった。ちょうどわしらが道をはさんでそいつの反対側に来たとき、やつはいきなりピストルを抜いて、ドンビーの頭を撃ちぬいたんだ。次の瞬間、わしはやつを撃った。だが、遅すぎたよ。ドンビーは、うめき声を立てずに、その場で息を引きとってしまった。ドンビーは、自分がどうなったのかもわからなかったんじゃないかな。

二つの死体を置き去りにして、燃えている家のそばを急いで車庫まで行ったら、そこにホイル博士の車があった。タンクにはガソリンがいっぱい入っており、いつでも使えるようになっていた。それでこの車に乗って、わしは荒廃した街の通りを縫うように走りぬけ、構内にいる生存者たちのところへもどったんだ。ほかの偵察係ももどってきたが、わしぐらい運のよい者は誰もいなかった。フェアミード教授はシェトランド種の小馬を見つけておったが、そいつはかわいそうに、何日も馬小屋につながれて見捨てられておったものだから、食べ物と水がなくてすっかり弱っており、荷を運ぶことなど皆目できなかった。こいつを逃してやったらと言う者も何人かいたが、わしは一緒に連れてゆこうと言ってきかなかった。わしらの食べ物がなくなったら、そいつを食べられるというわけだ。

わしらが出発したときには四十七人いて、多くは女と子供だった。まず老人で、この一週間の恐ろしい出来事によって今や救いようのないほど打ちひしがれた学部長が、小さな子供何人かとフェアミード教授の年老いた母親と一緒に自動車に乗った。ワットホープという若い英語の教授は、脚に弾丸(たま)があたってひどいけがをしており、彼が車を運転した。あとはみな歩き、フェアミード教授が小馬を連れていった。

本来なら、明るい夏の日であるはずだったものを、燃えている世界から出る煙で空がおおわれ、そこから太陽が陰気に輝いておった。鈍く生命のない球で、血のように赤く不気味にな。ところでわしらは、その血のように赤い太陽にも慣れてしまった。煙の場合はまた違っていた。わしらの鼻孔や目をさすものだから、目が充血していない者は誰一人としていなかった。わしらは進路を南東の方向にとり、何マイルも果てしなく続く郊外の住宅地を通り、街の中心部の平地からはじめて低い丘の起伏が上り調子になるあたりに沿って進んでいった。もうこの道しか、田舎にたどり着くことを期待できなかったんだよ。

わしらの足どりは、うんざりするほど遅かった。女と子供は速く歩けなかった。いいか、今のみんなが歩くような歩き方をするなんて、その時分の者には夢にも思わないことだったんだよ。実際、誰も歩き方を知らなかったんだ。あの疫病のあとになってはじめて、わしはほんとうのところ歩くのを覚えたんだ。そんなわけで、一番遅い者の速度がみんなの速度となった。こそ泥連中がいるので、わしらには離ればなれになる勇気がなかったのだ。その頃には、そういう肉食獣みたいな人間も、そう多くはいなくなっていた。疫病がすでにそいつらの数をかなり減らしていたんだが、それでもまだわしらにはたえず脅威となるぐらいの数は生きておった。美しい住宅の多くは、火事による影響がなかった。それでも、煙の上がっている廃墟はいたる所にあった。こそ泥連中も燃やしたいという残忍な欲望を感じなくなったらしく、あらたに火をつけられた家を見ることはもっと珍しくなった。

わしらの何人かは、民家の車庫をあちこち偵察して、ガソリンを捜した。けれども、このほうはうまくゆかなかった。都市からの最初の大脱出によって、そういう役に立つものは何もかも一掃されてしまっておった。キャルガンというよくできた若者が、この仕事で死んだ。

その若者は、芝生を横切っているときに、こそ泥連中に撃たれたんだ。一度、酔っぱらった人でなしが、わざとわしらみんなに火ぶたを切りおったが、それでも、このキャルガンだけがこちらの犠牲者だった。そいつはむちゃくちゃ発砲してきおったが、幸い、誰にもけがをさせないうちに、こちらがやつを射殺したよ。

フルートヴェイルの街のすばらしい住宅地区のまだ中心部にいたとき、疫病がまたわしらを襲ってきた。フェアミード教授が犠牲者だった。自分の母親には知らせないようにとわしらに合図をすると、彼はわきへそれ、ある美しい大邸宅の庭へと入っていった。そして正面ヴェランダの階段にわびしそうに腰をおろした。わしのほうはなかなか立ち去れなかったんだが、手を振って最後の別れを告げたよ。その夜、フルートヴェイルの先七マイル〔約十一キロ余り〕で、そこはまだ市内だったんだけれど、わしらは野宿した。それでもその夜、死人から離れるために二度野営地を変えたよ。朝になると、わしらは三十人になっていた。どうしても忘れられないのは、学部長のことだ。朝の行進中、彼の奥さんも歩いていたんだが、その彼女に致命的な徴候が現われて、彼女がわきへ寄ってわしらに行かせようとすると、学部長はどうしても自動車を降りて彼女と一緒にいたいと言うんだ。これについては相当論じあったが、結局はわしらのほうが折れた。そのほうがよかったんだ。何しろ、仮にいるとしてもわしらの中の誰が、どう考えてみたって逃れられるかわからなかったんだからな。

その夜、行進を始めて二晩めに、ヘイワーズの先のはじめて田舎が広がりを見せるところで野宿した。そして朝になると、生きているのは十一人だった。おまけに、夜の間に、ワットホープという脚をけがしていた教授が、自動車に乗ってわしらを置いてきぼりにして行きおった。一緒に自分の妹と母親を連れ、わしらの缶詰食料もあらかた持っていきおったよ。その日の午後のこと、路傍で休んでいるときだったな、わしがもう二度と見ることのない最後の飛行船を見たのは。田舎のこの辺では煙はずっとうすくなっていたから、わしは最初、その飛行船が二千フィート〔約六百メートル〕の高さを漂っていて、向きを変えようとしているのにどうすることもできないのを認めたんだ。どうなったのかわしには推測できなかったが、見るみるうちに、飛行船のへさきがどんどん下降してゆくんだ。そのうち、数あるガス嚢（のう）の隔壁がきっと爆発を起こしたんだろう。何しろまっさかさまに、おもりみたいに大地に向かって落ちていったんだから。その日からきょうまで、わしはほかに一隻も飛行船を見たことがないよ。その後の数年間というもの、何度も何度もじろじろと空を見ては飛行船を捜し、世界のどこかで文明が持ちこたえていてほしいと万一を頼んだものだ。だがそれは、しょせん叶（かな）わぬことだった。カリフォルニアのわしらに起こったことは、きっといたる所のみんなにも起こったのだろう。

また翌日になって、ナイルズというところでは、三人になっていた。ナイルズの先の、幹線道路のまん中で、ワットホープを見つけたよ。自動車は故障しており、そこの、地面に広げた敷物の上には、彼の妹と母親と彼自身の遺体が横たわっておった。

ずっと歩きづめというめったにない運動に疲れはてて、その夜はわしもぐっすりと眠ったよ。朝になると、わしは世界で一人ぼっちになっていた。キャンフィールとパースンズという わしの最後の仲間も、疫病で死んでおった。化学棟に避難をした四百人のうちで、そして行進を始めた四十七人のうちで、わしだけが残ったんだ――わしとシェトランド種の小馬とがな。なぜこんなことになったのか、さっぱり説明のしようがない。わしは疫病に感染しなかった。それだけのことだ。わしには免疫性があったんだ。わしはただ、百万に一人の幸運な男だった――つまり、全生存者が百万に一人、いやむしろ、数百万に一人だったんだ。割合からして、それぐらいだったのはたしかだから」

V

「二日間というものわしは、死人のいない心地よい森に隠れておった。その二日間で、えらく落ちこんで、自分の番がいつ何時やってくるかも知れないと思いながら、それでもわしは体を休めて元気になった。小馬も同じだった。それで三日めには、残りわずかな缶詰食料品をできるだけ小馬の背に積んで、えらく荒涼とした土地を渡っていったよ。生きている男や女や子供には誰一人でくわすことがなかった。とはいっても、死体はいたる所にごろごろしておったがな。それでも食べ物は、うんとあった。その時分の土地は、今と同じじゃなかった。木や藪がみな切りはらわれて、耕されていた。何百万人もの口に入る食べ物が育ち、熟し、無駄になりつつあった。田畑や果樹園から、わしは野菜と果物とベリー類を集めたよ。人けのない農家のあたりでは、卵を手に入れたり鶏をつかまえた。そしてたびたび、物置に缶詰食料品を見つけた。

　異様だったのは、どの家畜にも起こっていることだった。いたる所で狂暴になり、共食いをやっているんだ。鶏とあひるがまっ先にやられ、豚がまっ先に狂暴になり、猫がこれに続いた。犬も、変化した状態に順応するのにそれほど時間はかからなかった。まぎれもない犬の疫病だって起こっていた。犬たちは、死体をむさぼるように食い、夜の間には近くでも遠くでもほえ立て、昼間は遠くをこっそりと歩きまわっていた。時が経つにつれ、わしは犬の行動に変化を認めたよ。最初は互いに距離をおき、えらく疑いぶかくて、けんか早かった。ところが、そんなにしないうちに、集まってきて群れをなして走りだしたんだ。犬というのはだな、つねに群居する動物で、人間に飼い慣らされる前からそうだったんだ。あの疫病が起こる前の世界の最後の頃には、ひじょうに違った種類の犬がいっぱいいたんだ——毛のない犬、暖かくて柔らかい毛におおわれた犬、アメリカライオンほどの大きな犬にすればほんのひと口にもならないほど小さな犬とかな。それで、そうした小さな犬はみな、それに弱い種類(タイプ)のものは、仲間に殺されたよ。加えて、ひじょうに大きな犬も荒れ野の生活には適応できなくて、いなくなってしまった。その結果、多くの違った種類の犬が姿を消し、あとに残ったのは、おまえたちが今日知っている群れをなして走っている中型の狼のような犬というわけだ」

「でも猫は、群れをなして走ったりしないだろ、じいさん」と、フー・フーが異議を唱えた。

「猫というのは、群居性のある動物であったためしがない。十九世紀のある作家も言ってたように、猫は一匹で歩くんだ。人間に飼い慣らされるようになるとき以前から、飼い慣らされていた長いときを経て、もう一度野生にかえった今日までずうっとな。

馬も狂暴になり、わしらが持っていたみごとな品種はみな退化して、おまえたちが今日知っている小さな半野生馬となった。牛も同様に狂暴になり、鳩も羊も同じだ。それに、鶏が多少生き残ったのは、おまえたちも知っての通りだ。けれども、今日の野生の鶏は、その頃わしらが飼っていた鶏とはまるで別物だ。

それより、話を先に進めないといけないな。わしは、人けのない土地を進んでいった。時が経つにつれ、ますます人間をなつかしく思いはじめたよ。ところが、まったく一人も見つけられず、いよいよ孤独になっていった。リヴァモア谷や、そことサン・フワーンの大きな谷の間の山々を越えていった。おまえたちはその谷を見たことがないが、そこはひじょうに広くて、野生馬の生息地なんだ。そこにはぞろぞろと動く群れがわんさといるんだ、何千、何万頭もな。わしは、三十年経ってからもう一度そこを訪ねてみた。だから知っているんだ。おまえたちは、この沿岸の谷にだって野生馬がたくさんいると思っているが、そんなのはサン・フワーンのと比べれば取るに足らんもんさ。妙な話だが、牛は野性化すると、低い山へともどって行った。たしかに、そっちのほうが身を守りやすいからな。

田舎のほうでは、食人鬼やこそ泥連中を目にすることは減った。多くの村や町が、火事に見舞われていなかったからだ。でも、伝染病による死人でいっぱいだったから、わしは村や町を調べずに通りすぎたよ。レイスロップの近くまで来てようやく、わしは孤独から抜けだし、二匹のコリー犬を見つけたよ。つい最近自由の身になったばかりだったものだから、人間に対する忠誠心を取りもどしたくてうずうずしておったよ。この二匹のコリー犬は、何年もわしについて来た。そいつらの血は、今日おまえたちが飼っているそこのあの犬たちの中に受け継がれておる。それでも六十年経つと、コリーの血も消えてしまった。あいつらは、どう見たって飼い慣らされた狼に近いからな」

ヘア・リップが立ちあがって、やぎが大丈夫か確かめるためにちらっと目をやり、午後の空にある太陽の位置を見て、老人の話のくどいことに我慢がならないという態度を見せた。エドウィンに先をせかされて、じいさんは話を続けた。

「もう言うことはほとんどないよ。犬二匹と小馬を連れ、やっとのことでつかまえた馬に乗って、わしはサン・フワーンを越え、シエラネヴァダ山脈にあるヨセミテというすばらしい谷へと進んでいった。そこの大きなホテルで、けたはずれのたくさんの缶詰食料品を見つけたよ。広々とした土地には草が生い茂り、野獣や野鳥もおり、谷を流れる川には鱒(ます)があふれておった。わしはまったくの孤独のうちにそこに三年間とどまったが、その孤独ときたら、その昔高度に文明化した人間なら誰も理解できないものだった。そのうちわしは、もう我慢できなくなってな。気が狂いそうな思いだった。犬と同じように、わしも群居性のある動物で、自分の仲間が必要だったんだよ。わしがあの疫病から助かったのだから、ほかの者だって助かった可能性がある、とわしは見当をつけたんだ。おまけに、三年経ったあとでは疫病の病原菌もみな死んでしまい、土地もまたきれいになっているにちがいない、と踏んだんだ。

馬と犬と小馬とともに、わしは出発した。もう一度サン・フワーンとその先の山々を越え、リヴァモア谷へと入ってきた。その三年での変わりようときたら、驚くばかりだった。土地はすべてすばらしく耕されていたのに、今ではほとんど見わけがつけられなかった。人間の手によってなされた農作物には延々と限りなく草木がはびこって、それは大変なものだったよ。何しろ、小麦や野菜や果樹というのは、いつだって人間の手で世話され育てられていたわけだから、柔らかくて弱くなっておった。それとは逆に、雑草や野生の低木といったようなものは、いつだって人間に刈りとられたり取り除かれてきた。だから、かたくなって抵抗力をつけていたんだ。その結果、人間の手が離れると、野生の草木がほとんどあらゆる栽培植物を一面におおって台なしにしてしまったんだよ。コヨーテの数がえらく増え、この時分のことだよ、わしがはじめて狼に出会ったのは。やつらは、三々五々小さな群れをなして、それまでずっと生き残っておった縄張りからさまよいおりて来たんだ。

テメスカル湖という、かつてのオークランドの街から遠くないところで、わしは最初の生きた人間に出会ったんだ。いやあ、おまえたち、そのときのわしの感激ときたら、何とも表現のしようがないよ。馬にまたがり、丘の斜面を湖までおりていって、野営の焚き火の煙が木々の間からのぼっているのが見えたときのな。もうちょっとでわしの心臓は止まるところだった。気が狂うんじゃないかと思ったよ。次には、赤ん坊の泣き声が聞こえた——人間の赤ん坊だ。それから犬がほえ、わしの犬がそれに答えた。わしには、自分が全世界で生き残ったたった一人の人間なのかどうかわからなかった。そんなところにほかの人間がおるなんて、そんなはずがない、とな。

その湖のほとりに出てくると、目の前百ヤード〔約九十メートル余り〕と離れていないところに、一人の男、それも大きな男が見えたんだ。そいつは、突きでた岩の上に立って、魚釣りをしておった。わしは、圧倒されてしまったよ。馬を止め、大声で叫ぼうとしたが、できない。手を振ってみた。その男がわしを見たように思われたんだが、手を振りかえしたようには見えなかった。それでわしは、鞍に両腕を置いて、そこに顔を伏せたよ。もう一度見るのがこわかったんだ。それが幻覚だと思い、もし見れば、その男がいなくなってしまうのではないか、と思ったからだ。その幻覚はすごく貴重だったので、もうしばらく消えずにいてほしかったんだ。わしがもう一度見ないうちは、ずっとなくならないでいることもわかっていたからな。

そんなふうにしてじっとしていると、とうとうわしの犬がうなり、男の声がするのが聞こえたんだ。その声は何て言ったと思うかい？　いいか、こう言ったんだよ。『一体全体てめえは、どこから来やがった？』

そんなふうに言ったんだ、その通りにな。おまえのもう一人の祖父が、わしにそんなふうに言ったんだよ、ヘア・リップ。五十七年前にテメスカル湖のその岸で、わしに会ったときのあいさつさ。そのあいさつときたら、わしがこれまで聞いたうちではどうにも言いようのない言葉だったよ。わしが目を開けると、すぐ前にその男が立っておった。大きな、浅黒い、毛深い男で、あごはがっしりとし、まゆ毛は上がり、目つきはきつかった。わしはどうやって馬を降りたのか、わからない。しかし、どうやら次にわかっていることといえば、そいつの手をわしの両手で握りしめて泣いていたようだ。わしは抱きしめてやりたいところだったのに、そいつはいつも心の狭い疑いぶかい男で、わしから離れおった。それでもわしは、やつの手にしがみつき、声をあげて泣いたんだよ」

当時のことを思いだすと、じいさんの声はすらすらと出ず、涙声になり、弱気の涙が頬を流れ落ちた。少年たちのほうは、それを見ていて、クスクスと笑うのだった。

「それでもわしは、声をあげて泣いたよ」と、じいさんは話を続けた。「そして、そいつを抱きしめたかったんだ。とはいっても、おかかえ運転手は人でなし、まったくひどい人でなし野郎——わしがこれまで知っているうちでも一番大きらいな男だったんだがな。やつの名前は……おかしいな、どうしてやつの名前を忘れたんだろう。みんながやつのことをおかかえ運転手と呼んでおった——それがやつの職業で、それが名前としても定着したんだ。そんなふうにして今日まで、やつの作った部族は、おかかえ運転手族と呼ばれておる。

やつは乱暴で、けしからん男だった。なぜあの疫病の病原菌がやつを殺さずにおいたのか、わしにはさっぱりわからんな。絶対的な正義についてわしらがその昔抱いていたきわめて抽象的な考えなどどこ吹く風、宇宙には正義などない、というふうだった。なぜこんなやつが生きているんだ?——よこしまで、まぎれもない怪物であり、自然の表面にある汚点であり、同様に残酷で、邪険で、獣のようなずるいやつが。あいつの話題にできることといえば、自動車、機械、ガソリン、車庫——それにとりわけ、すごく面白がって喋ることといえば、あの疫病が現われる前の時代に自分が雇われていた人たちから、卑劣にもこそ泥を働いたりあさましくだまし取ったりしたことだった。にもかかわらずやつは、殺されずにすんだのだ。何億、そう、何十億というもっと良い人々がやられたというのにな。

一緒にやつの野営地までついて行ったら、そこには彼女が、ヴェスタという唯一の女がいた。その出会いは、名誉なことであり……気の毒なことでもあった。そこに彼女が、ヴェスタ・ヴァン・ウォーデンというジョン・ヴァン・ウォーデンの若い妻が、いたんだ。ぼろ着をまとい、それはひどい傷だらけの働いてかたくなった手で野営の焚き火に身をかがめながら、台所の下働き仕事をやっているんだ——彼女が、ヴェスタがだ、これまでの世界最大の大金持ちという帝王の家に生まれた、そんな彼女がだよ。その夫のジョン・ヴァン・ウォーデンは、十八億ドルの財産を持ち、産業王会議の議長で、アメリカの支配者だったんだ。

そのうえ、国際統制会議の一員でもあって、世界を支配する七人の男の一人だったんだ。それに彼女自身も、同じように高貴な家柄の出だった。彼女の父フィリップ・サクスンは、死ぬまで産業王会議の議長だった。この任務は世襲になりつつあったから、もしフィリップ・サクスンに息子がいたら、その息子があとを継いでいただろう。ところが、彼の唯一の子供がヴェスタで、数世代にわたってこの惑星が生みだした最高の文化の中でも非の打ちどころのないえり抜きだったんだよ。ヴェスタとヴァン・ウォーデンの婚約が整うと、サクスンはヴァン・ウォーデンを自分の後継者に指名した。それは、きっと、政略結婚だったにちがいないのさ。ヴェスタは、詩人たちが昔歌っていたような狂おしく激しい調子で、自分の夫を心底愛するなんてぜったいになかった、と信じるだけのわけがわしにはあるんだ。それは、大富豪たちに取ってかわられる前の時代に、王侯貴族の間で行なわれていた結婚に似ておった。

そんな彼女がそこにいて、煤だらけの鍋で魚のチャウダーを煮ていたが、そのまばゆいばかりの目は、野外の火のきつい煙で炎症を起こしておったよ。彼女にまつわる話は、哀れを誘うものだった。彼女は、わしやおかかえ運転手と同じように、百万人に一人の生き残りだった。サンフランシスコ湾を見わたすアラミーダ丘陵のこの上ない高台に、ヴァン・ウォーデンは立派な避暑用の大邸宅を建てた。それは、一千エーカーの大庭園に囲まれておった。疫病が発生したとき、ヴァン・ウォーデンは彼女をそこへやった。武装した守衛たちが大庭園の境界を巡回したし、食料や郵便物についても、まずいぶして消毒されていないものは中へ入れなかった。にもかかわらず、疫病は入りこんできて、持ち場にいる守衛、仕事をしている召使いを殺し、おかかえ従者〔弁護士、簿記係等〕ら全員を一掃してしまったんだ——いや、少なくとも、逃走してどこかよそで死んだ者たちは別としてみんなだよ。そうして、ヴェスタは気がついてみると、納骨堂と化した大邸宅でたった一人の生き残りになっておったというわけだ。

ところでおかかえ運転手というのは、逃走した召使いの一人だったんだ。二ヵ月経ってもどって来ると、死人のいなくなった小さな夏の館に落ち着いているヴェスタを見つけたんだ。やつは、人でなしだった。彼女はこわがって、逃げだし、木々の間に隠れた。その夜には、歩いて、山の中へ逃げた——その柔らかい足ときゃしゃな体は、それまで石で打ち身をこしらえたり茨(いばら)でかき傷をつくったりしたことなど一度もなかった。そんな彼女がだよ。やつはあとを追い、その夜彼女をつかまえた。やつは、彼女を殴った。わかるか？　あの恐ろしい握りこぶしで殴って、彼女を自分の奴隷にしたんだ。今度は彼女のほうが、薪を集め、火をおこし、煮炊きをし、品位を下げるような野宿の仕事を何もかもやらねばならなくなった——生まれてこの方召使いのやるようなことなどただの一度もしたことのない、その彼女がだよ。そういう仕事をやつは彼女に無理やりさせ、まったくの野蛮人である自分はといえば、野営地のあたりに横になって傍観することにしたというわけだ。やつは何も、まるで何もしなかった。時折、肉を捜しにいったり、魚をつかまえたりする以外はな」

「おかかえ運転手、なかなかやるぜ」とヘア・リップが、ほかの少年たちに小声で言った。「俺は、死ぬ前のやつのことを覚えているぜ。あいつは、突拍子もねえやつだった。だけど、いろんなことをやったし、うまく事を運んだ。いいかい、父さんはあいつの娘と結婚した。おまえらも、あいつが父さんを叩きのめしたところを見とけばよかったんだ。おかかえ運転手は、ろくでもねえ野郎だった。あいつは、わしら子供をまわりに立たせてよ。死にかかってるときにでもよ、一度俺に手を伸ばして、いつもそばに置いてるあの長い棒で、俺の頭をこっぴどく叩きやがったぜ」

ヘア・リップは、昔を思いだしたように丸い頭をさすった。そして少年たちは、老人のほうへともどった。老人は、ヴェスタというおかかえ運転手族の生みの親の女のことを無我夢中にだらだらと話しているのだった。

「ところでなあおまえたち、事の恐ろしさがわからないだろ。おかかえ運転手は召使いだった、いいか、召使いだったんだ。だからやつは、彼女のような人には、頭を下げて、ぺこぺこしておった。彼女は、生まれにしても結婚にしても、支配階級だったんだ。やつのような何百万人もの人間の運命が、彼女のうす桃色した手のひらに握られておった。だから、疫病の前の時代には、やつみたいな者にほんのちょっと触れるだけでも、不潔なことだったろう。そうそう、わしはそういうところを見たことがあるよ。その昔、わしの記憶によれば、ゴールドウィン夫人という大富豪の一人の妻君がおった。ある離着陸場でのことで、彼女が自家用飛行船に乗りこもうとした矢先に、日傘を落としたんだ。一人の召使いがその日傘を拾って、彼女に手わたすという間違いをしでかしてしまった——この国で最も高貴な婦人の一人である、その彼女にだ！　彼女は、まるで相手が疫病患者でもあるかのようにしりごみをして、自分の秘書にそれを受けとるように指示した。おまけに、秘書に命じて、そいつの名前を確かめさせ、即刻馘にするようにさせたんだ。まあそんなふうな女だったんだ、ヴェスタ・ヴァン・ウォーデンというのも。その彼女をおかかえ運転手は打ちすえて、自分の奴隷にしたというわけだ。

——ビル——そうだった。おかかえ運転手のビルだったよ。それが、やつの名前だった。

やつは見下げはてた原始人で、洗練された本能や教養ある人間の勇気があって礼儀正しい性格などまるでなかった。そう、正義なんてありゃしないんだ。あんなにすばらしい女性ヴェスタ・ヴァン・ウォーデンが、あんなやつの手に落ちたんだからな。これがどんなに嘆かわしいことか、おまえたちにはとてもわからないだろうよ。だって、おまえたち自身が未開の原始人の子供で、野蛮状態以外は何も知らないんだからな。なぜヴェスタがわしのものにならなかったのだろう？　わしは教養があり洗練された人間で、大きな大学の教授だった。たとえそうだったとしても、あの疫病の前のときなら、彼女の高貴な身分というのは大変なものだったから、わしの存在になど目もくれようとはしなかっただろうよ。そんなわけで、いいか、彼女がおかかえ運転手の手に落ちるというまったくひどい堕落が起きてしまったんだ。まさに全人類の滅亡によって、わしは彼女を知り、その目を見入り、一緒に話をし、その手に触れるなどということができたんだ――そうさ、それに彼女を愛し、わしに対する彼女の思いが深いということを知ることもな。わしには彼女が、そんな彼女が、わしを愛してくれただろうと信じるだけのわけがあるんだ。この世におかかえ運転手以外ほかに男はいなかったのだから。八十億もの人間を殺しておきながら、どうして、疫病はもうあと一人の男、おかかえ運転手というあの男を殺さなかったんだろう？

一度、おかかえ運転手が魚釣りに行っているときに、彼女はわしにやつを殺してくれと切々と訴えたんだ。目に涙をためて、やつを殺してくれと哀願するんだ。ところが、やつは強くて乱暴な男だったから、わしはこわかった。あとで、わしはやつと話したよ。もしヴェスタをわしにくれるなら、わしの馬も小馬も犬も、持っているものは全部やろうと言ったんだ。そしたらやつは、わしの面前でほくそ笑んで、首を横に振りおった。まったく人を馬鹿にしておった。やつの言うには、昔自分は召使いをしていて、わしのような男たちやヴェスタのような女たちの意のままになっている下劣な存在だったが、今では、この国最高の貴人を自分の召使いにし、自分の食べ物を煮炊きさせ、自分のがきどもの守りをさせておる、となな。『疫病の前はおまえの時代だった』と、やつは言った。『が、今は俺の時代で、べらぼうにいい時代ってえもんだ。俺は、何をもらったって、昔にあともどりなんかしやしねえぜ』そんなふうなことを言いおったが、その通りに言ったわけじゃない。やつは卑しく下劣な男で、口汚いののしりがしきりにその口から出たよ。

おまけに、やつの言うには、もしわしがやつの女に色目を使っているところを見つけようものなら、わしの首をへし折り、彼女も打ちすえてやる、とな。わしに何ができたろう？こわかったよ。やつは、人でなしだった。わしが野営地を見つけたその最初の夜、ヴェスタとわしは、消えうせた世界のことをいろいろと話しあった。芸術や本や詩のことをだ。するとおかかえ運転手は、耳を傾け、ほくそ笑み、あざ笑った。やつは、自分のよくわからないわしらの喋り方が退屈になって腹を立て、ついに声を高めて言いおった。『それで、こいつがヴェスタ・ヴァン・ウォーデン、大富豪ヴァン・ウォーデンのかつての女房でな――身分の高い、すました美人だったが、今じゃ俺の女というわけさ。そうじゃないか、スミス教授さんよ、時代は変わったんだ、時代は変わったんだぜ。こら、おまえ、女、俺の靴（モカシン）を脱がすんだ、さっさとな。スミス教授さんに、俺がどれぐらいうまくおまえを仕込んだか見てもらいてえんだ』

わしは、彼女が歯を食いしばり、激怒が顔に込みあげるのをみたよ。やつは、節くれ立った握りこぶしを後ろに引いて、殴ろうとした。わしはこわくて、煩悶（はんもん）しておった。やつを圧倒するために何もできなかった。そこでわしは、立ちあがって離れ、そうした侮辱的な言動を目撃しないようにしようとした。だが、おかかえ運転手は笑って、じっとして見ておらんのならおまえも殴るぞ、と言って脅すんだ。それでわしは、いやおうなしに、テメスカル湖の岸の焚き火のそばにすわり、ヴェスタ、ヴェスタ・ヴァン・ウォーデンがひざまずいて、その歯を見せてにやにや笑っている毛深い猿みたいな人でなしの靴（モカシン）を脱がすのを見ていたんだ。

――いやあ、おまえたちにはわからんだろ、孫たちよ。おまえたちは、ほかのことをまるで何も知らんのだから、わからんよな。

『端綱をつけて慣らされて、手綱のままに動くんだぜ』と、彼女がその恐ろしくて卑しい仕事をしているとき、おかかえ運転手はさも満足そうに眺めながら言った。『たまにはちょっと言うことをきかないときもあるがな、教授さん、ちょっと言うことをきかないときがよ。それでも横っ面をぶん殴ってやると、小羊みてえにぐんとおとなしくなっちまうのさ』

また別のときには、こんなことも言っておったよ。『俺たちはもう一回出なおして、また地上をいっぱいにし、繁殖しないといけねえな。おまえは不利な地位に立ってるぜ、教授さんよ。おまえには女房がいねえし、俺たちはお定まりのエデンの園の命題(アダムとイヴとその息子たちがいるだけで、結婚して子供をつくる相手がいないということ)ってやつにぶつかってるんだ。けれども俺は、お高くとまってるわけじゃねえ。いい考えがあるぜ、教授さんよ』やつは、まだ一歳になったばかりの二人の小さな幼児を指さした。『おまえの女房がいるぜ。もっとも、そいつが大きくなるまで待たなきゃなんないがな。すごく面白いだろ。俺たちはここではみんな平等だが、この池では俺が一番でっかいヒキガエルさ。だけど、俺はうぬぼれてやしねえぜ——そんなこたあねえ。俺はおまえに敬意を表してるんだ、教授さんよ、俺とヴェスタ・ヴァン・ウォーデンとの娘をおまえと結婚させてさしあげましょうってわけなんだ。ヴァン・ウォーデンがここにいて見られねえというのは、えらく残念なことじゃねえか』」

Ⅵ

「わしは、そのおかかえ運転手の野営地で三週間、際限のない苦痛のうちに暮らしたよ。それから、ある日のこと、わしに飽きたのか、それとも、わしがヴェスタに悪い影響を与えたことによるのか、やつは、前年にコントラ・コスタ丘陵を通ってカーキーネス海峡〔サンフランシスコ湾の北、サン・パーブロウ湾とサスーン湾とをつなぐ海峡〕へさまよって行った際に、海峡の向かい側に煙を見た、と言うんだ。それはつまり、まだほかに人間がいるということであり、しかも三週間というもの、やつはこの計り知れないほど貴重な情報をわしに隠していたというのだ。わしはすぐに、犬と馬を連れて、その場をあとにし、コントラ・コスタ丘陵を越えて海峡まで出かけていったよ。海峡の向こう側に煙は見えなかったが、ポート・コスタで小さな鋼鉄の艀(はしけ)を見つけ、それにわしの動物たちを乗せることができた。わしの見つけた古い帆布が帆代わりになり、南から吹く風がそよそよと吹きつけてくれたおかげで、海峡を渡ってヴァレイホウの廃墟までさかのぼれた。この街のはずれで、わしはごく最近まで使われていた野営地の跡を見つけたんだ。たくさんの蛤（はまぐり）の殻を見ると、なぜこれらの人間が湾の岸まで来おったのかがわかったよ。これが、サンタ・ロウザ族だったんだ。わしは、昔の鉄道線路用地沿いにそいつらの通った跡をつけ、塩気を含んだ沼地を越えてソノーマ谷〔サン・パーブロウ湾の北に延びる谷で、東側のナパ谷とともにワインの産地として知られる〕まで行った。この谷のグレン・エレン〔ソノーマ谷にある小さな町で、作者は晩年この地に一大農園を築き、そこは今も州立史跡公園として残る〕の昔のレンガ工場で、野営地にさしかかった。全部で十八人おった。二人は老人で、そのうちの一人はジョーンズという銀行家だった。もう一人は、ハリスンといって質屋の隠居で、こいつはナパにあった州立精神病院の婦長を妻君にしておった。ナパの市（まち）およびその土地のよく肥えた人口の多い谷のナパ以外のすべての町や村の人々全員のうちで、彼女がたった一人の生存者だったんだ。次に、三人の若者がおった――カーディフとヘイルといって農夫でな、それに、ウェインライトという日雇い労務者がな。三人はみな、女房を見つけておった。粗雑で無学な農夫ヘイルには、イザドアという女が当たってな。彼女は、疫病をうまく切りぬけた女たちの中では、それは抜群にすばらしく、ヴェスタの次だったな。世界で最も有名な歌手の一人で、疫病が発生したときはサンフランシスコにいたんだ。彼女は、わしと一時（いっとき）に何時間も話したよ。いろんな冒険を経てついに、メンドシーノウ保安林でヘイルに救われて、彼の女房になるしかなかった、といった話をな。それでもヘイルは、読み書きはできなかったが、いい男だった。彼は正義としかるべき待遇ということについて鋭敏に知っており、おかかえ運転手と一緒にいるヴェスタより彼女のほうがはるかに幸せだった。

カーディフとウェインライトの女房は常人で、丈夫な体質をしていて労役には慣れておった——生きていかなければならなくなった荒々しい新生活にはうってつけのタイプだったわけだ。このほかには、エルドレッジの精神障害者施設から来た二人の大人の障害者と、サンタ・ロウザ族ができてから生まれた五、六人の子供や幼児がおった。さらに、バーサというのがいた。彼女はいい女だったよ、ヘア・リップ。おまえの父さんは軽べつしとったがな。この女を、わしは妻にしたんだ。彼女がおまえの父さんの母親だ、エドウィン、それにおまえもな、フー・フー。それからわしらの娘のヴェラが、おまえの父さんと結婚したんだ、ヘア・リップ——おまえの父さんのサンドウは、ヴェスタ・ヴァン・ウォーデンとおかかえ運転手との間にできた一番上の息子だったんだ。

そういう次第でわしは、サンタ・ロウザ族の十九番めの一員になったんだ。わしのあとで加わったよそ者は、二人だけだった。一人はマンガースンといって、大富豪の子孫で、八年間北カリフォルニアの荒野を一人でさまよったあげく、南へやって来て、わしらに合流した。この男は、それから十二年も待ってようやくわしの娘のメアリと結婚したんだ。もう一人のほうはジョンスンといってな、ユタ族をつくった男だ。ユタというのが彼の出身地でな、ここからはうんと離れており、大きな砂漠を越えて、東のほうにある地方だ。疫病のあと二十七年もしてやっと、ジョンスンはカリフォルニアにたどり着いたんだよ。そのユタ地方全域で、三人しか生き残らず、彼自身を含めてみんな男だった、というのだ。その三人は何年も一緒に狩りをして暮らしておったが、とうとう、自分たちだけでは人類がこの惑星からすっかり滅びてしまうのではないかとの不安のあまり気が気でなくなり、カリフォルニアに行けば生き残っている女が見つかるかも知れないと、西に向かっていったんだ。ジョンスンだけは大砂漠を通りぬけたが、二人の仲間はそこで死んでしまった。ジョンスンがわしらに合流したときには四十六歳で、彼はイザドアとヘイルの四番めの娘と結婚し、彼の一番上の息子が、ヘア・リップ、おまえのおばと結婚したんだ。ヴェスタとおかかえ運転手の三番めの娘とな。ジョンスンはたくましい男で、自分自身の意志を持っておった。だから、そのために、彼はサンタ・ロウザ族を脱退して、サン・ノゼにユタ族をつくったんだ。ユタ族は小さな種族だ——九人しかいない。が、ジョンスンは死んでも、その影響力と種族の強さは大したものだったから、ユタ族は有力な種族に育って、この惑星のあらたな文明で優れた役割を果たすことだろう。

わしらの知っているそのほかの種族は、二つだけ――ロスアンジェルス族とカーメル族だ。あとのカーメル族のほうは、一人の男と一人の女から始まったんだ。男はロウペズといって、昔のメキシコ人の子孫で、まっ黒だった。カーメルの向こうの牧場で牛飼いをしておって、女房は大きなデル・モンテ・ホテルの女中をしておった。わしらがはじめてロスアンジェルス族と連絡がついたのは、七年前のことだった。向こうはいいところだが、暖かすぎてな。わしの見当では、現在の世界の人口は三百五十から四百人といったところだな――もちろん、世界のほかにも小さな部族が散らばっていなければの話だがな。たとえそういうのがいるとしても、わしらは何の連絡も聞いていない。ジョンスンがユタから砂漠を越えてきてからだって、東部やほかのどこからも、何の消息や気配も届いていないんだしな。わしが少年時代や青年の頃に知っておった世界は、もうなくなってしまった。存在することをやめてしまったのだ。あの疫病の時代に生きて、しかも、あのはるかかなたの時代の驚嘆すべきことどもを今も知っているのは、このわしが最後だ。わしらは、この惑星――その大地と、海と、空――を支配し、神そのもののようであったのが、今ではこのカリフォルニア地方の海岸線沿いで、原始的な野蛮状態のうちに生きておる。

それでもわしらは、急速に数が増えておる——ヘア・リップ、おまえの姉さんには、もう四人子供がいるだろう。わしらは急速に数が増えており、文明を目指してあらたに登ってゆく準備をしているんだ。やがて、人口がどんどん増えていったら、わしらは広がってゆかざるを得なくなるだろう。今から百世代もすれば、わしらの子孫はシエラ・ネヴァダ山脈を越えはじめ、世代ごとに大きな大陸を越えてゆっくりと徐々に進出し、東部を植民地化するだろう——新しいアーリア族が次第に世界じゅうに広まってゆくということだ。

だけども、その進み具合はゆっくり、えらくゆっくりとしたものだろう。この先大変な道のりを登ってゆかなくてはならんからな。わしらは、とても救いようのないぐらいまで落ちてしまったんだ。物理学者か化学者が一人でも生き残っていてくれたらよいのだが！　けれども、そんなことは詮ないことだし、わしらは何もかも忘れてしまった。おかかえ運転手は、鍛冶屋の仕事から始めおった。今日までわしらが使っている鍛冶工場を、やつがつくったんだ。ところが、やつはなまけ者で、死ぬときに、金属や機械について知っていることを何もかも持っていってしまったよ。わしにそんなことがわかるわけがないだろ。わしは古典学者で、化学者じゃなかったからな。生き残ったほかの者たちには、教養がなかった。おかかえ運転手がやってのけたのは、たった二つ——強い酒の醸造とタバコの栽培だ。やつがヴェスタを殺したのは、いつだったか、酔っぱらっていたときだ。やつはいつも、彼女が湖に落ちて溺死したと主張しておったけれど、あれは酔っぱらった勢いで残忍になってヴェスタを殺した、とわしは断固信じているんだ。

それからな、おまえたち、まじない師らには気をつけるんだぞ。やつらは自らを医者（ドクター）と称し、その昔には気高い職業であったものをへたにまねしておるが、実はまじない師で、極悪人であり、迷信や暗闇を招来しておるんだ。ペテン師で嘘つきだ。ところが、わしらはすっかり堕落し退化してしまったものだから、やつらの嘘を信じているわけだ。やつらも、わしらが増えるのと同じように数が増えて、わしらを支配しようと懸命になるだろう。それでもやつらは、嘘つきで大ぼら吹きだ。若いクロス・アイズ〔「斜視」の意〕を見てみろ。医者を装い、病気のお守りを売り、よい狩りのまじないをしたり、晴天の約束とひきかえによい肉や毛皮を手に入れたり、死の杖を送り、無数のいまわしい行為をやっておる。それでもわしはおまえたちに言っとくぞ、今述べたようなことをやつがやれると言っても、それは嘘なんだとな。このわしが、スミス教授が、ジェイムズ・ハワード・スミス教授が、やつは嘘つきだと言ってるんだ。わしはやつに、面と向かってそう言ってやったことがある。なぜおまえは、わしに死の杖を寄こしてこなかったんだ？　とな。それは、やつがわしには効きめがないのを知ってるからなんだ。だけどおまえ、ヘア・リップよ、おまえは質（たち）の悪い迷信にすっかりいかれてしまっておるから、もし今夜目が覚めて、そばに死の杖を見つけようものなら、きっと死んでしまうだろうよ。ところが、おまえが死ぬことになるのは、何もその杖に効きめがあるからではなく、おまえが野蛮人の暗くてふさいだ心を持った野蛮人だからなんだよ。

あの医者どもはやっつけねばならないし、失われたものは何もかももう一度見つけないといけない。だからこそ、わしは真剣に、おまえたちに確かなことをくり返し話しているんだし、それをおまえたちの子供らに教えてやるんだぞ。教えてやらねばならないことは、水が火で熱くなると、そこには蒸気というすばらしいものが存在し、それは一万人の男よりも強いし、人の仕事を何だってできるということだ。ほかにもひじょうに便利なものがいろいろとある。稲妻の閃（ひらめ）きには同じように力強い人間の召使いがおるが、それは昔は人間の奴隷だったんだが、いつかまた人間の奴隷になるだろう。

今言ったこととはまるで別のことに、アルファベットというのがある。それは、わしに細かい印（しるし）〔文字や記号のこと〕の意味をわからせてくれる。おまえたちは、未熟な絵文字しか知らないのにな。テレグラフ・ヒル〔サンフランシスコ市内の北東部にある海抜八十メートルの丘で、高さ六十メートルのコイト・タワーが建つ〕のあの乾いたほら穴、うちの種族が海のそばにおりていたら、わしがたびたび出かけてゆくのを見かけるほら穴だが、その中にわしはたくさんの本をしまいこんでおいた。それらの本の中には、偉大な知恵が入っている。さらに、本と一緒に、アルファベットに関する虎の巻も置いておいた。絵文字のわかる者なら、印刷物だってわかるようにな。いつか人間は、また読むようになるだろう。そうなれば、わしのほら穴に事故でも起こらないかぎり、彼らは、ジェイムズ・ハワード・スミスなる教授が昔生きておって、古代文明人の知識を自分たちのために取っておいてくれたのだ、ということがわかるだろう。

もう一つちょっとした装置があって、人間はこれを必ずや再発見することだろう。火薬と呼ばれているものだ。それは、確実に遠くから殺すことのできるものだった。地中に見つかるあるものが、ちゃんとした割合で混ぜあわせられると、この火薬というものになるんだ。こういうものがどんなものだか、わしは忘れてしまった。でなければ、もともと知らなかったのだ。それにしても、ぜひ知っていればと思うよ。そうすりゃ火薬を作れるだろうし、そうなりゃきっとクロス・アイズのやつを殺して、この土地から迷信を片づけられるだろう――」

「俺は大人になったら、やぎでも肉でも毛皮でも手に入れられるものなら何だってクロス・アイズにやって、医者になるのを教えてもらうんだ」と、フー・フーが主張した。「そしてわかるようになったら、ほかのみんなをびっくりさせて、こっちに向かせてやるんだ。きっと、みんな俺に土下座するぜ」

老人は、陰気くさそうにうなずいて、つぶやいた。

「複雑なアーリア人種の言葉の名残や面影が、汚らしい毛皮をまとった野蛮人の子供の口から出るのを聞くなんて、何とも奇妙なことだな。世界じゅうがめちゃくちゃだ。あの疫病以来ずっと、もうめちゃくちゃだよ」

「おまえ、おれをびっくりさせられやしねえぜ」とヘア・リップは、将来まじない師になるつもりの少年に向かって自慢した。「もし俺がおまえに支払って死の杖を送らせ、それがうまく効かなかったら、俺はおまえの頭をぶん殴ってやっからな——いいか、フー・フー、ええ？」

「俺はじいさんに、ほら今の火薬というやつを思いださせてやるんだ」と、エドウィンが静かに言った。「それから、おまえらをみんなあくせくさせてやるぜ。ヘア・リップ、おまえは俺の代わりに戦い、俺のために肉を手に入れるんだ。それからフー・フー、おまえは俺の代わりに死の杖を送って、みんなをこわがらせるんだ。そして、もしヘア・リップがおまえの頭をぶん殴ろうとしているところを見つけたなら、フー・フー、俺がその同じ火薬でヘア・リップをひどい目にあわせてやるよ。じいさんは、おまえらが考えてるほど馬鹿じゃねえから、俺はこれからじいさんの話をよく聞いて、いつかおまえら仲間全体を支配してやるぜ」

老人は、悲しそうに首を横に振って言った。

「火薬は現われるだろう。それを止めることなどできやしない――例のよくあることが、何度もくり返されるんだ。人間は数が増えると、戦うようになる。火薬によって何百万もの人間が殺せ、この方法によってのみ、つまり火と血によって、いつか遠い将来に、新しい文明ができてゆくんだ。それで、どんな得になるというのだろう？　ちょうど古い文明が姿を消したように、新しい文明も姿を消すだろう。築きあげるのに五万年かかるかも知れないが、それだって姿を消すんだ。あらゆるものが姿を消す。残るものはといえば、宇宙の力と物質だけであり、それらはたえず流転し、作用と反作用とをくり返し、永遠の類型（タイプ）――聖職者、兵士、そして王を生みだしてゆく。赤ん坊の口からは、あらゆる時代の知恵が出てくる。ある者は戦い、ある者は支配し、ある者は祈る。そしてあとの者はみな、あくせくと働き、ひどく苦しむ一方で、その血を流す死体を犠牲にして何度も、果てしなく、文明国家の驚くべき美とすばらしい驚異とが築かれるというわけだ。わしがあのほら穴にしまっている本を焼却したところで、大して変わりはしない――あの本が残ろうが消え去ろうが、あの昔の真理はすべて発見され、あの昔の嘘だって蘇り伝えられてゆくんだ。何の益があるというんだ――」

ヘア・リップがさっと立ちあがって、草を食っているやぎと午後の太陽にちらっと目をやった。

「うわっ！」と彼は、小声でエドウィンに言った。「この年寄りときたら、日に日に長ったらしくなりやがる。さあもう帰ろうぜ」

ほかの二人が、犬の助けを借りながら、やぎを集めて森を抜ける小道へと狩りだしている間、エドウィンは老人についてやり、同じ方向へと道案内をした。二人が昔の線路用地まで来ると、エドウィンは急に立ち止まり、ふり返って見た。ヘア・リップとフー・フーと犬とやぎは、そのまま通りすぎていった。エドウィンは、かたい砂の上におりて来た野生馬の小さな群れを見ていた。若い雄の小馬やら一歳駒やら雌馬やらが、一頭の美しい種馬に率いられて、少なくとも二十頭はいる。その種馬は、波打ちぎわのあわ立つ水の中に立って、首をのけ反らせるようにぐっと丸め、目を夢中に輝かせながら、海から渡りくる潮風の香りを嗅いでいた。

「あれは何だい？」と、じいさんが訊いた。

「馬だよ」と、エドウィンが答える。「あいつらが浜にいるのを見たのなんぞ、俺ははじめてだな。アメリカライオンの数がどんどん増えてきて、狩り立てられてんだ」

低くなった太陽が、雲の立ちこめた水平線から、扇状に、赤い光線を放っていた。そしてすぐ手前の、白波が浜に砕ける果てしのない海では、アシカたちがあの太古の歌をとどろかせながら、海から黒い岩の上にはい上がってきて、戦い、愛しあっていた。

「さあ行こうぜ、じいさん」と、エドウィンが促した。

そうして、毛皮をまとった野蛮人のような老人と少年は、身を返すと、やぎの跡を追って線路用地づたいに森の中へと入っていった。

比類なき侵略

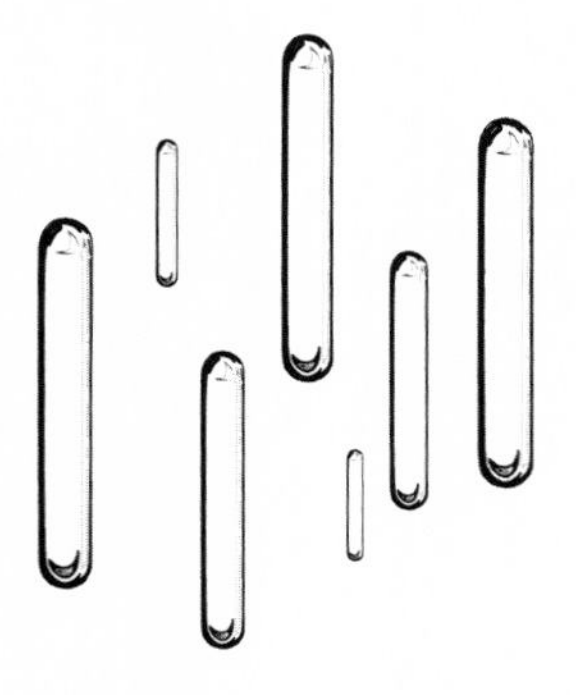

世界と中国との紛争がその頂点に達したのは、一九七六年のことであった。このために、アメリカ独立二百年祭の祝賀は延期された。世界各国の他の多くの計画も、同じ理由で変更され、混乱をきたし、延期された。世界はいささか突然その危機に目覚めたが、七十年以上もの間、何も気づかれもせずに、事態は終局に向かって進んでいたのだった。

論理的には一九〇四年が、七十年後に全世界が肝を潰すほどの驚きに見舞われることになる事態の進展の始まりを記念する年になる。日露戦争が起こったのが一九〇四年であり、当時の歴史家たちは、この事件によってはっきりと日本が国際礼譲を結ぶことになると書き留めたからである。ところが実際に日本が注意をはらったのは、中国の覚醒であった。この覚醒は久しく期待されていたものだが、ついには断念されてしまっていた。西洋諸国が中国を覚醒しようとしたものの、失敗に終わっていたのだ。そのもって生まれた楽天主義と民族のうぬぼれとによって、西洋諸国の下した結論は、この覚醒の仕事は不可能であり、中国が目覚めることは決してないだろうというものであった。

　西洋諸国が考慮に入れられなかったのは、自分たちと中国の間には共通の心理的言語が存在しないということであった。両者の考え方は根本的に異なっていた。触れあうような語彙がまったくなかったのだ。西洋の知性は中国の知性に入り込みはしたが、たかが知れたもので、気がついてみるとはかりしれないほどの当惑を覚えた。中国の知性も西洋の知性に入り込んだが、同様に知れたものであり、虚ろで合点のいかない壁にぶつかってしまった。つまるところは、言語の問題であった。西洋の思想を中国の知性に伝える術はなかった。中国は眠ったままであった。西洋の物質的達成と進歩にしても、中国にとっては閉じた書物であったし、西洋にしてもその書物を開けることはできなかったのだ。英語を話す民族の知性の、意識の奥深いところには、短いサクソン語に感動する能力があり、一方、中国人の知性の、意識の奥深いところには、その象形文字に感動する能力があった。だが、中国の知性は短いサクソン語に感動することができなかったし、英語を話す知性にしても、象形文字には感動することができなかった。両者の精神構造は、その織り方がまるで違っていた。精神的にかけ離れていたのであり、だからこそ西洋の物質的達成と進歩は、中国の熟睡に何ら影響を与えなかったのである。

一九〇四年に、日本はロシアに勝利した。いまや日本民族は、東洋の諸国民の間の怪物となり相矛盾した存在となった。不思議なことにある面では、日本は西洋の提供するすべてを受け入れた。西洋の思想をすみやかに吸収し、消化し、しかもそれらを極めて有能に応用したので、鎧かぶとにがっちりと身を固め、突如世界の強国として顔を現わした。異質の西洋文化を日本がこのように特別に受け入れられるというのは、何とも説明がつかない。動物界における生物学的変種とでも説明したほうがいいだろう。

大ロシア帝国を決定的に打ち破ると、日本はすぐさま植民地をものにするというとてつもない夢を見はじめた。すでに朝鮮を穀倉地帯と植民地とにしていた。条約の特権や狡猾な駆け引きによって、満洲を独占した。それでも満足せず、今度は中国に目を向けた。広大な領土があり、そこには世界最大の埋蔵量を誇る鉄と石炭——これらは産業文明の主力となるものだ——があった。天然資源があれば、産業におけるもう一つの大きな要因は労働力である。その領土には、四億の人口——地球上の当時の全人口の四分の一が集まっていた。しかも、中国人は優秀な労働者であり、同時にその宿命論的な哲学（ないしは宗教）と鈍い神経組織のために、彼らは立派な兵士となった——しかるべく統御されればの話だが。いうまでもなく、日本は進んでその統御に当たろうとした。

だが何といっても、日本の見地からすれば、中国人は同種の民族であった。西洋にとっては不可解な中国人の性格の謎も、日本人にとっては別に不可解ではなかった。彼らの理解ぶりは、われわれが理解の訓練をしたり理解したいと望んだりすることがとてもできないような代物であった。日本人と中国人の精神過程が同じものだったのだ。日本人は中国人と同じ思想信条で考え、同じ独特のしきたりで物を考えた。中国人の心の中へもどんどん入っていくが、われわれは無理解という障害のために、そこで二の足を踏んでしまうというわけだ。彼らは、われわれが気がつかない角を曲がり、障害物を身をよじらせて避け、われわれにはついて行くことのできない中国人の心の支脈にまで分け入って、見えなくなってしまう。両者は兄弟なのである。その昔、一方が他方の文語を借用したし、それより以前には、無数の世代にわたって、共通のモンゴル系から分岐していったのだ。種々の条件やら他の血統の注入によって、さまざまな変化や分化が生じはしたが、その根底には、共通の遺産、すなわち時の流れによってもかき消されることのなかった同質性が、両者の資質の中により合わされていた。

だから日本は、自ら中国の管理を引き受けたのだ。ロシアとの戦争直後数年で、日本のスパイが中国帝国に群がった。キリスト教伝道所のあったさらに千マイルも彼方で、その技師やスパイが精力的に働いた。彼らは人足（クーリー）のような服をまとい、行商人や改宗者を装っていた。そして、あらゆる滝の落水力、適当な工場用地、山や峠の高さ、戦略上の利点や弱点、豊かな農耕可能の谷、ある地方の雄牛の数、あるいは強制的に召集可能な労働者といったものを書き留めたのだった。そのような国勢調査など中国ではあったためしがなく、根気強く、気長で、愛国的な日本人であったからこそできたことであろう。

だが、まもなくすると、秘密などあっさりと捨てられてしまった。日本の将校たちは、中国軍隊を再編成した。日本の練兵係軍曹たちが中世の軍人を二十世紀の兵士に作り変えたために、彼らはあらゆる近代的な武器に慣れ、どの西洋の国家の兵士にも負けない、高い水準の射撃術を身につけた。日本の技師たちは、複雑な運河系を深く広くし、工場や鋳造所を建設し、この植民地に電信や電話網を張りめぐらし、鉄道建設の時代の幕をきって落とした。金山（チンシャン）の大石油埋蔵量、萬新（ワンシン）の鉄鉱山、秦奇（チンチー）の銅山脈を発見したのも、こうした機械文明の同じ主人公たちであった。それに彼らは、全世界で最も素晴らしい天然ガスの宝庫である華委（ホワウエイ）のガス井戸を掘ったのである。

中国植民地会議には、日本の密使が加わっていた。中国の政治家に日本の政治家が耳打ちをしたというわけだ。帝国の再建は、当然日本人のものであった。彼らはひどく反動的な学者階級を排除し、進歩的な役人を送り込んだ。そして、帝国のすべての町や都市で新聞が創刊された。むろん、日本の編集者たちがこうした新聞の方針を指揮したわけだが、その方針は東京から直接入ってきた。大多数の住民を教育し進歩的にしたのは、こうした新聞だったのである。

ついに中国は覚醒した。西洋のできなかった面を首尾よく日本がやってのけたのだ。日本は、西洋の文化や業績を、中国人が理解できる言葉に変えた。日本自身も、突如として目覚めた時には、世界を仰天させたものであった。しかし、当時その人口はわずか四千万にすぎなかった。四億という人口やら世界の科学の進歩やらで、中国の覚醒はきわめて驚くべきものであった。諸国の巨人となり、たちまちその声は、諸国の出来事や会議の席上で、確信に満ちた論調で聞かれた。日本は中国をおだて続け、尊大なヨーロッパの諸国民も恭しく耳を傾けた。

中国の束の間のめざましい台頭の原因は、おそらくは何にもましてその最上質の労働力であっただろう。中国人は、申し分のない勤勉タイプであった。それまでもつねにそうであった。完全な労働能力という点にかけては、世界にも中国人と比肩し得る労働者はいなかった。労働は、中国人には必要欠くべからざるものであった。それは、遠い土地を放浪したり、そこで戦ったり、精神的な冒険をすることが、他の諸国民にとっては必要欠くべからざることであったのと同様であった。中国人にとって、自由というものを要約すれば、労働手段への接近なのであった。

回春する中国！ それも、自由奔放な中国にとってはほんの一歩にすぎなかった。自らの内に、新たな誇りと自分の意志とを見出したのだ。日本の指導下にあって苛立ちを覚えはじめたが、その苛立ちも長く続くことはなかった。日本の勧告によって、まず、西洋の宣教師、技師、練兵係軍曹、商人、教師をすべて追い出した。そして、日本の同じような代表者も追い出しはじめた。日本の顧問政治家たちも、叙勲をどっさりと受けて送り帰された。西洋によって日本は覚醒したが、それから日本が西洋に返報したように、今度は日本が中国に返報された。日本は、その巨大な被保護者から、親切な援助を受けたことを感謝され、所持品いっさい取りまとめて投げ出されたというわけだ。西洋諸国はほくそ笑んだ。日本の虹の夢は消えてしまった。日本は怒った。中国は日本を笑った。武士の血統と刀を露わにして、日本は無謀にも武力に訴えた。これが起こったのは一九二二年のことで、殺伐たる七ヵ月間で満洲と朝鮮と台湾が奪いとられ、日本へ攻め返されて破綻状態に陥り、そのちっぽけで人口稠密な島にあって息が詰まらんばかりであった。ここで世界のドラマから日本が退場。その後日本は芸術に専心し、その仕事は驚異と美の創作で世界をおおいに楽しませるようになった。

予期に反し、中国は好戦的であることを証明しなかった。ナポレオンのような夢など抱かず、ひたすら平和の技術に専心することに甘んじた。しばらく社会的不安があった後、中国が今後恐れられるようになるのは、戦争面ではなく貿易面だという考えが認められた。そのうちに、真の危険が感知されていなかったことがわかるだろう。中国は、どんどんその機械文明の完成を進めていた。大きな常備軍よりも、中国が育てたのはもっと大きくて素晴らしく有能な義勇軍であった。その海軍はひどく小さいものだったので、世界の笑いの種だったが、別に海軍を増強しようともしなかった。世界の条約港にその訪問戦艦が入ることは決してなかった。

真の危険は中国人の多産にあり、初めて警報が発せられたのは一九七〇年のことであった。しばしの間中国近隣の領土は皆、中国人の移住に不平をこぼしていたが、いまや突然世界の胸に応えたのは、中国の人口が五億であることだった。覚醒以来中国は、一億単位で増えていた。バーチョールターは、白人よりも中国人のほうが多いという事実に着目した。彼は単純計算をしてみた。合衆国、カナダ、ニュージーランド、オーストラリア、南アフリカ、英国、フランス、ドイツ、イタリア、オーストリア、欧州ロシア、全北欧の人口を合わせると、四億九千五百万にのぼった。ところが中国の人口は、この途方もない総計を五百万も上回っていたのである。バーチョールターの出したこの数字が世界中に行きわたると、世界は震駭した。

何世紀にもわたって中国の人口は一定していた。その領土は飽和状態にあった。すなわちその領土は、原始的な生産方法によって最大限の人口を養っていたのだ。だが、覚醒し機械文明の時代を開始するようになると、その生産力はおびただしく増大した。こうして、同じ領土にあって、以前よりもはるかに多数の人口を養うことができたのである。ただちに出生率が上昇しはじめ、死亡率が下降しはじめた。かつて生活手段などものともせずにどっと人口が増えた時には、そうした過剰人口は飢饉によって一掃された。だがいまや、機械文明のお蔭で、中国の生活手段は途方もなく拡大し、飢饉もなくなった。したがってその人口は、生活手段の増大に追い撃ちをかけた。

こうした力の移行期及び成長期間中、中国は征服の夢など抱いたこともなかった。中国人は傲慢な人種ではなかったのだ。勤勉で、倹しく、平和を愛する民族であった。戦争は、不愉快だが、時には行なわねばならない必要な仕事と見なされた。だから、西洋の諸民族が互いに口論をしたり戦をしたり世界を賭けたりしたのに対し、中国は冷静に機械の仕事に携わり、成長を続けた。いまやその帝国の境界から溢れていた——氷河の確実さと恐るべきゆっくりとした勢いで、隣接した諸領地へと溢れ出していた、ただそれだけのことであった。

一九七〇年のバーチョールターの数字によって発せられた警報に続いて、フランスが長引きそうな抵抗をした。フランス領インドシナには中国人移民が群がり、いっぱいになってしまっていたのだ。フランスは停止を命じたが、中国人の波はどんどん押し寄せた。フランスは、その不運な植民地と中国との間の境界に、一万の兵を集めた。すると中国は、百万の義勇軍を送った。そのあとには、妻や息子や娘や親類が、家財道具もろとも副軍としてやってきた。フランス軍は蠅同然に追い払われてしまった。中国義勇軍は、家族を入れると合計五百万以上にもなり、平然とフランス領インドシナを占領して定住し、二、三年にわたって居坐ることになったのである。

憤慨したフランスは武装した。中国の沿岸に対して次々と艦隊をぶつけたが、その努力も水の泡で、自らをほぼ破滅させてしまった。中国には海軍がなく、亀のように田の中へ引っ込んでしまった。一年間、フランス艦隊は沿岸を封鎖し、身を晒した町や村を砲撃した。中国は平気だった。世界の他の国々を何ら頼みとはしなかった。冷静にフランスの大砲の射程外に身を置き、仕事を続けた。フランスは涙を流して泣き叫び、どうにもできない手をもみしだき、唖然とした諸国に訴えた。それからフランスは、懲罰隊を上陸させて北京まで進軍させた。その数二十五万で、フランスの華であった。この懲罰隊は何の抵抗もなく上陸し、内地へと進軍した。が、この時がその見納めであった。翌日には通信線がぶっつりと断たれたのだ。生存者は誰一人として事態を知らせにもどってこなかった。ほら穴のような中国の胃にのみ込まれてしまった、ただそれだけのことであった。

続く五年間で、中国の拡張は、四方八方へ急速に進行していった。シャムは帝国の一部となり、英国ができる限りのことをしたにもかかわらず、ビルマとマレー半島が侵略され、一方、シベリアの南側の長い境界沿いでは、ロシアが進撃してくる中国の大群の強襲を受けていた。その過程は単純であった。まず中国人の移住が起こり(いや、というよりは、先年のうちにゆっくりと知らない間にやってきて、すでにもうそこに居着いているのだった)、次に武力衝突が起き、怪物義勇軍によってあらゆる抵抗が払拭され、そのあとへ彼らの家族と家財道具がやってきた。そしてついには、征服された領土に彼らが移住民として定住したというわけだ。こんなに奇妙な、しかも効果的な世界征服法など、めったにあるものではなかった。

ネパールとブータンが侵略され、インドの北の境界全体にはこうした恐るべき生命の潮流が押し寄せた。西の方ではボクハラが、そして南西の方のアフガニスタンまでがのみ込まれた。ペルシャ、トルキスタン、そして全中央アジアが、この殺到の圧迫感を覚えた。バーチョールターが数字の修正をしたのは、この頃であった。彼は間違っていたのだ。中国の人口は七億、八億に違いなく、誰にもはっきりとはわからなかったにせよ、ともかく十億になるのもそう先のことではなかった。しかし、誰にそんなことがわかるだろうか？　もっと多いかも知れないのだ。二十世紀のこの奇妙で新たな脅威——回春の、多産的で、好戦的な中国、旧中国のことなど、誰にわかるものか！

一九七五年の代表者会議は、フィラデルフィアで召集された。あらゆる西洋諸国、それに東洋の諸国からも、若干の代表者が出席した。が、何の実りもなかった。出生率をあげるために、子どもに対してすべての国が奨励金を出してみてはどうかという話があったが、計算に長じた者がこれを嘲笑した。彼の指摘によれば、その方面では中国のほうがはるかに優勢だったからだ。中国に立ち向かう可能な方法は、何ら提議されなかった。中国は強国連合によって訴えられたり威嚇されたりしたが、このフィラデルフィアの会議が到達したのはそこまでであった。この会議と強国は、中国に笑われた。李唐芳（リー・タンファン）という中国皇帝の玉座の陰の権力者は、いみじくも答えた。

「中国は、国際礼譲など望むものか？」と彼は言った。「われわれは、最も古く、高潔で、気高い民族だ。われわれには成就すべき自らの運命がある。われわれの運命が世界の他の諸国の運命と一致しないことは思わしくはないが、だからと言って、諸君はどうしようというのか？　諸君はこれまで気高い民族だとか、地球の選民といったことについて大きなことを言ってきたが、われわれとしては、まあ見てるがいい、としか答えようがない。われわれを侵略することはできない。諸君の海軍のことなど気にかけるな。大きな声など張り上げるな。われわれだって、自分たちの海軍の小さいことを知っている。よろしいか、われわれは海軍を警察の目的で使っているのだ。われわれは海などに頓着しない。われわれの強みは人口だ。まもなく十億になんなんとしている。諸君のお蔭で、われわれはあらゆる近代兵器を装備している。諸君の海軍を寄こしてみたまえ。われわれは目にも留めないだろう。懲罰隊を送ってもらっても結構だが、その前にフランスのことを忘れないでもらいたい。わが沿岸に五十万の兵を上陸させても、諸君の資源をいたずらに使うだけだろう。わが十億の人口が、諸君の兵を一のみにしてしまうだろう。百万でも五百万でも寄こしたまえ。われわれは彼らをやすやすとのみくだすだろう。プッ！　何でもないことだ、ほんの一口だ。合衆国の諸君、諸君が脅したように、われわれが諸君の沿岸に押しやった、一千万の人足(クーリー)を殺してみたまえ——何といったって、それだけの数字でも、わが一年間の過剰な出生率の半分にも匹敵しないくらいなのだ」

李唐芳(リー・タンファン)はそう語った。世界は途方にくれ、手も足も出ず、恐れをなした。彼が真実を語ったからだ。中国の驚異的な出生率と戦うことは不可能であった。もし人口が十億で、一年に二千万ずつ増えていくとすれば、二十五年で十五億——一九〇四年当時の世界の総人口に匹敵することになる。なのに、どうすることもできなかった。過剰な、途方もない生命の洪水をせき止める方法はなかった。戦争などしても無駄なことであった。中国は、その沿岸の封鎖を笑い、侵入を歓迎した。その広々とした胃袋には、地上のあらゆる人間をどっと投げ入れても、それだけの余地があったのだ。その間にも中国の黄色い生命の洪水は、アジア中に流れ出ていった。中国は、取り乱した西洋の学者たちの書いた学術上の労作を、雑誌で笑いながら読んだ。

だが、中国の当てが外れた学者が一人いた——ジャコブス・ラニングデイルであった。彼は狭い意味での学者ではなかった。元来が科学者で、その時まではまったく世に知られていない科学者であり、ニューヨーク市保健局の研究所勤めの教授をしていた。ジャコブス・ラニングデイルの頭も他の人間の頭とほとんど変わりがなかったが、その頭の中で、ある考えが次第にできあがっていた。加えてその頭には、そうした考えを内密にしておく知恵があった。彼は雑誌に論文を書いたりはしなかった。そんなことをするどころか、休暇を求めた。一九七五年九月十九日に、彼はワシントンに着いた。それは夕方のことで、そのままホワイト・ハウスへと直行した。大統領と接見する手筈がすでに整っていたからだ。彼はモイヤー大統領と三時間の密談を行なった。二人の間で交わされた話の中身を世界が知ったのは、ずっとあとになってからのことであった。実際、その当時、世界はジャコブス・ラニングデイルなどに関心がなかった。翌日、大統領は顧問団を招いた。ジャコブス・ラニングデイルも出席した。議事は秘密とされた。しかし、その日の午後、国務長官ルーファス・カウデリーがワシントンを出発し、次の朝早く英国に向けて船で旅立った。彼が持参した機密は広まりはじめたが、それは各政府の長(ヘッド)の間だけのことであった。恐らくは一国の六名ばかりの人間に、ジャコブス・ラニングデイルの頭の中で形づくられた考えが委ねられたのであろう。機密の広まりに続いて、あらゆる造船所、軍需工場、海軍工廠ではにわかに活気づいた。フランスとオーストリアの人々が疑い深くなったが、両政府が信頼するようにと誠実に呼びかけたので、彼らは進行している得体の知れない計画に黙従したのだった。

おりしも大休戦の時で、すべての国々が、いかなる国とも交戦はしないと厳粛に誓い合っていた。最初の明確な行動は、ロシア、ドイツ、オーストリア、イタリア、ギリシャ、トルコの軍隊の漸次動員であった。それから、東方への移動が始まった。アジアへ向かう鉄道はすべて、軍隊輸送列車でいっぱいであった。それから少しすると、海上の大移動が始まった。軍艦の遠征隊が、あらゆる国々から送り出された。艦隊があとからあとから続き、すべて中国の沿岸へと向かった。各国はその海軍工廠をすっかり使いはたした。監視艇や特派船や灯台守り、それに最後の古びた巡洋艦や戦艦まで派遣したのだった。これにも飽き足らず、商船隊まで徴用した。統計によると、様々な国が、探照灯（サーチライト）や速射砲を装備した五万八千六百四十隻の商船を中国に派遣した。

ところが中国は、笑みを浮かべて待機した。陸上の境界伝いには、数百万のヨーロッパ兵士がいた。これに対し中国は、その五倍の義勇軍を動員し、侵入を待ち受けた。沿岸にも同じ数を配備した。だが中国は、どうも腑に落ちなかった。こうした途方もない準備をしたあとも、侵入がなかったからである。中国には理解できなかった。大シベリア辺境沿いはまったく静穏だし、海岸沿いでも町や村は砲撃すら受けなかった。これほど強力な戦艦隊の集合は、世界史上なかったことであった。全世界の艦隊が集結し、日夜何百万トンもの戦艦が中国沿岸の海を走ったが、何事も起こらなかった。何の企てもなされなかった。諸国は、中国をその殻から出てこさせようとでも思ったのだろうか？　中国は微笑した。諸国は、中国をすっかり疲れさせるつもりだったのだろうか、それとも兵糧攻めにするつもりだったのだろうか？　中国はまたもや微笑した。

しかし、一九七六年五月一日に、もし読者が当時人口一千百万の帝都北京にいたなら、奇妙な光景を目撃したことであろう。街路にはお喋りを交わす黄色い民衆が埋め尽くし、弁髪の頭をことごとく後に傾けて、目尻の上がった目をことごとく空のほうへ向けるのを見たであろう。そして青い上空はるかに、ひじょうに小さな黒い点を見、整然と進んできたために、これを飛行船に違いないと見なしたことだろう。北京市街の上空を曲線を描いて行き来するこの飛行船からは、ミサイルが落ちてきた——それも奇妙な無害のミサイルで、街路や屋根に落ちると粉々に砕けてしまう、脆いガラスの管であった。しかし、これらのガラスの管には、どこにも命にかかわるようなところはなかった。何も起こりはしなかった。爆発もなかった。なるほどひじょうな高さから管が頭上に落ちてきて、数名の中国人が死にはしたが、二千万の出生率からすれば、三人の中国人くらい何であろう。管が一個、ある庭の養魚池に垂直に突き当たったが、壊れなかった。それは、その家の主人によって岸に引きあげられた。彼はそれを開けたくなかったのだが、友人に付き添われ、増える一方の群衆に取り囲まれて、その不可思議な管を知事のところへ持参した。知事は勇敢な男で、みんなが注目する中、真鍮製の火皿のついたパイプで一撃してその管を砕いてしまった。何事も起こらなかった。ごく近くにいた者のうち二人か三人かは、蛇が数匹飛び出すのを見たような気がした。それだけのことであった。群衆は大声で笑って、四散した。

北京がガラス管爆撃を受けたように、中国全土でもそうした爆撃を受けた。軍艦から発せられたひじょうに小さな飛行船には、それぞれ二人だけ乗り組んで、都市や町や村の上をくまなく旋回し、曲線を描いて飛んだ。一人が飛行船を操縦し、もう一人がガラス管を投げつけたのである。

もし読者が六週間後に再度北京に居合わせていたら、一千百万の住民を捜しても無駄であっただろう。ほんの少しくらいなら、二、三十万くらいなら見つかっただろうが、たぶんその死体も、家や人通りのない街路に膿みただれ、捨てられた死の荷馬車にうずたかく積みあげられていたであろう。だが、その他の死体については、帝国の大道小道沿いを捜さねばならなかったであろう。中には伝染病に襲われた北京から逃れた者もいただろう。道端の何十万という埋葬もされていない死体のそばに、脱出のあとが認められたから。北京がそういう状態であったように、帝国の都市や町や村がことごとくそういう状態であった。伝染病にすっかりやられてしまったのだ。伝染病の数は一種類でも二種類でもなく、二十種類にも及んだ。あらゆる毒性の伝染病死が、中国全土に猛威をふるった。あの膨大な準備の意味や世界の首脳が勢揃いしたこと、それにガラスの管の雨の意味を、中国政府が理解するのが遅すぎたのだ。政府の声明書も空しかった。一千百万の伝染病にかかった者たちが、北京という一つの都市から逃げだして、中国全土に病気を蔓延させるのを留めることはできなかった。医師や保健所員たちはその部署で死んでいき、いっさいの征服者である死は、皇帝と李唐芳(リー・タンファン)の勅令をも踏みにじった。死は彼ら二人も同様に踏みにじった。李唐芳(リー・タンファン)は二週目に死に、避暑別邸に逃れていた皇帝も、四週目に死んだからである。

一種類の伝染病くらいなら、中国もそれに対処したかも知れない。だが、二十種類もの伝染病となると、どんな生物も免疫がなかった。天然痘に感染せずにすんだ者も、猩紅熱(しょうこう)には負けた。黄熱病には免疫のある者も、コレラには命を奪われた。そして、もしコレラにも免疫があったとしても、腺ペスト病である黒死病によって一掃された。というのも、ガラスの管の雨となって中国に落ちてきたのは、西洋の実験室で培養されたこれらのバクテリアであり、病原菌であり、微生物であり、細菌だったからである。

全組織が消滅した。政府も崩壊した。勅令や声明書も、ある時期にそれらをつくって署名をした者がもう次の瞬間には死んでしまうとなると、無益であった。狂乱した数百万の者にしても、死によって敗走に駆り立てられるとあっては、立ち止まって何かを心に留めるなどというものではなかった。彼らは街を逃げ出しては田舎を感染させ、どこへ逃げても伝染病を持ってまわった。暑い夏が始まっていた――ジャコブス・ラニングデイルは抜け目なくこの時期を選んでいた――だから、伝染病が至る所で化膿していた。こうしたことについてはあれこれと推測されているし、また、わずかな生存者の話からもいろいろなことが聞かれた。惨めな者たちは、何百万となくどっと帝国を越えて敗走した。中国がその辺境に集めた巨大な軍隊は、まもなく消え去った。農場は、食べものを求めるあまり荒らされて、作物の種ももう蒔かれなかった。と同時に、すでに収穫期にある作物も世話されることがなく、まったく収穫されることもなかった。最も顕著な出来事は、恐らく敗走であっただろう。何百万という人間がこれに加わって、帝国の境界まで突撃したが、西洋の巨大な軍隊とぶつかって押し返されてしまった。境界上で行なわれた狂乱状態の人々の大群の虐殺といったら、途方もないものであった。おびただしい数の死者の感染を避けるために、歩哨線を二、三十マイル退かせたのもたびたびのことであった。

伝染病がトルキスタンの境界を突破して、護衛していたドイツとオーストリアの兵士を襲ったことがあった。そうした事態に備えていろいろと準備がしてあったので、六万のヨーロッパ兵の命が奪われはしたものの、国際医師部隊がこの伝染病を分離して絶滅させた。こうした苦闘のさなかに、新たな伝染病菌がつくり出され、何らかの形で一種の伝染病菌間の交配が行なわれて、新たな恐るべき猛毒の菌が生まれたことが示唆された。最初ヴォンバーグが気づいたのだが、その彼もこの菌に感染して死んでしまい、後にスティーヴンズ、ヘイズンフェルト、ノーマン、ランダースによって隔離、研究がなされた。

中国の比類なき侵略とは、このようなものであった。この十億の民に希望はなかった。その膿みただれた納骨堂に監禁され、組織と結合力をすっかりうしなったとあっては、死ぬよりほかなかった。逃れられはしなかった。陸の辺境からと同様、海からも攻め込まれた。七万五千の船が沿岸を巡視した。昼間はその煙を上げる煙突が海面を曇らせ、夜はぎらぎらと輝く探照灯が暗い海を分けて進み、どんな小さな平底船（ジャンク）も見逃さなかった。平底船がどっと隊をなして逃げだそうものなら、みじめであった。見張っている軍艦の目を逃れた者は誰もいなかった。近代兵器は中国の混乱した大衆を抑えるし、伝染病も効を奏したのである。

古い戦争は笑いものになった。巡視の任務以外には何ひとつ残らなかった。中国は戦争を笑ったのに、その戦争の用意をしていたのだ。ところがそれは、超近代戦争で、二十世紀の戦争であり、科学者と実験室の戦争であり、ジャコブス・ラニングデイルの戦争であった。実験室から投げだされる微生物と比べれば、百トンの大砲もおもちゃであった。これらの微生物は死の使者であり、十億の人命を擁する帝国中に猛威をふるう破壊の使者であった。

一九七六年の夏と秋の間に、中国は地獄と化した。どんなに遠くの隠れ場所をも突き止めてしまう、この微生物を逃れることはできなかった。何億という死体が埋葬されないままに放置され、病原菌は繁殖し、最後の頃には何百万もの人間が毎日飢え死にした。そのうえ、飢餓は犠牲者を弱め、伝染病に対する彼らの持ち前の防禦力を奪ってしまった。共食い、殺人、狂気の沙汰が横行した。こうして中国は死滅したのである。

その翌年の二月の最も寒い時まで、最初の探険は行なわれなかった。これらの探険隊の規模は小さく、科学者といくつかの軍隊とから成っていた。彼らは四方から中国に入った。感染に対するこのうえない入念な予防策を講じたにもかかわらず、多数の兵士と数名の医者が病気にかかった。だが、探険は勇敢に続行された。彼らが目にしたのは荒廃した中国であり、野犬の群れや生き残った死に物狂いの追い剝ぎがさまよう寂しい荒野であった。生き残った者は、どこで見つかろうが皆殺された。それから、中国の公衆衛生という大仕事が始まった。五年の歳月と何億という財貨が費やされ、そうして世界が乗り込んできた――アルブレット男爵の考えどおり、地域別にではなく、民主的なアメリカの計画に従って、種々雑多な形で。一九八二年とその後の数年間に中国に定住したのは、うまい具合にじつにさまざまな国籍の混ざり合った人々であった――それは、異種交配による多産化の、途方もないが上出来の実験であった。

一九八七年に、大休戦協定が解消されると、アルザスとロレーヌを巡るフランスとドイツの古いいさかいが再燃した。四月には戦雲暗く、険悪になり、四月十七日にコペンハーゲンの会議が召集された。世界の各国代表が出席する中で、すべての国々がかたく誓いあったのは、中国の侵略の際に使用したあの実験用の戦闘法を、お互いに対して決して使用しないということであった。

人間の漂流

われらが前に現われし敬虔博学なる者が、
恐れる予言者として残した黙示録は、
ほぼ話（ストーリーズ）にはすぎぬが、それらを
預言者たちは仲間に語った、
眠りから覚めて、また眠りにもどった話だと。

（ウマル・ハイヤーム作「ルバイヤート」より）

文明の歴史とは、剣を手に食べ物を追い求めて放浪する歴史である。霧に包まれた原始世界にあっては、見知らぬ人種が蜂起し、殺しあい、食べ物を見つけ、荒けずりな文明を築いては、衰退し、もっと強い手の剣のもとに倒れ、そして滅亡していくのが垣間見える。人間は、他の動物同様、大地をうろつき回ってはむさぼり食えるものを探し求めてきた。夢（ロマンス）や冒険などではなく、飢えの必要からものすごい冒険に駆り立てられてきたのだ。破産した紳士が海を渡ってヴァージニアを植民地化しようとしたのにせよ、やせた広東人（カントン）がハワイの砂糖栽培場であくせくと働く契約をしたのにせよ、紳士であろうが日雇い人夫であろうが、いずれにしても、食べる物を手に入れよう、本国で手に入れられる以上の物を手に入れようとの死にもの狂いの試みなのである。

最初の人類以前の類人猿が分水嶺を越えてその先にあるもっとうまい木の実を求めていった時代から、最近のスロヴァキア人が今日のわが国の海岸にたどり着いて、ペンシルベニアの炭鉱で働きに出かけるに至るまで、相も変わらぬ状態なのである。このように人々が移住していく動きは漂流（ドリフト）と呼ばれてきたが、ずばり漂流という語がぴったりである。空腹の痛みに駆り立てられて、無計画に向こう見ずに無意識的に、人間は文字通りこの惑星をあちこちと漂流してきたわけだ。過去には、数えきれなくて忘れられてしまった漂流があって、はるかに遠い昔のことなので、何の記録も残ってはいないし、あまりにレベルの低い人間ないし人間以前の者たちだったから、石や骨にかき傷も残していなければ、その存在を示す記念物も残してはいない。

われわれが推測したり承知しているこうした初期の漂流は、たしかにあったに違いない。それはちょうど、最初の直立歩行する獣が「二本の向かいあわせになれる親指から一対の足の親指」を発育させたことによってある種の四手類〔手形の足を特徴とする、人類以外の霊長類〕の子孫だったことを知っているのと同じだ。恐怖に威圧され、まさにその恐怖が彼らの進化を加速させることによって、われわれのこうした初期の祖先たちは、今日われわれが経験するのとそっくりの空腹の痛みに苦しみながら、漂流を続け、狩りをし駆り立てられ、食い食われ、鋭く叫び立てる原始時代からの野蛮な状態で千年もの長きにわたって長期の放浪を続け、そうしてようやくその骸骨を氷河の砂利に残す者たちも現われ、穴居人は骨のかき跡をその穴に残すまでになったのである。

漂流は、東から西へ、西から東へ、北から南へ、またその逆と変わり、互いに交差したり、またあらたな方向でぶつかったりはね返ったり突きあたったりしたものであった。中央ヨーロッパからアーリア族がアジアへ漂流してきたかと思うと、中央アジアからウラルアルタイ語族がヨーロッパを越えて漂流してきた。アジアは、ヨーロッパに群がり北欧やイングランドに入りこんだ有史以前の「丸穴族」「広額族」からアッチラ〔五世紀の前半に東洋から欧州に侵入したフン族の王〕やチムール〔アジアの西半を征服し大帝国を建てた〕の大群を経て、アメリカを脅かしている今日の中国人や日本人の移民に至るまでの飢えた人間の大波を押し出してきた。フェニキア人とギリシャ人は、そのあとにどんな漂流があったのかは定かではないが、地中海を植民地化した。ローマは、漂流するアジア人の洪水の前に、北方から漂流してくるゲルマン民族の奔流に呑みこまれた。アングル族〔チュートン族の一派で、五世紀以降サクソン族、ジュート族とともに英国に土着した。今の英国人の祖先〕、サクソン族〔ドイツ北部の古代民族で五、六世紀にアングル族、ジューツ族とともにイングランドを侵略し、融合してアングロサクソン族となった〕とジュート族〔五、六世紀に前二者とともに英国に侵入したゲルマン族〕は、どこから漂流してきたのか誰にもわからないが、ブリテン島に殺到し、イギリス人はこの漂流を世界じゅうに進めていった。腹をすかして貪欲なもっと強い種族に会って退却し、エスキモー人は荒れ果てた極地へ漂流し、ピグミー〔中央アフリカの小人の黒人〕はアフリカの熱病に朽ち果てたジャングルへと漂流した。そうして今日も、民族の漂流は続いている。それが中国人のフィリピン群島やマレー半島への移住であれ、ヨーロッパ人の合衆国移住であれ、アメリカ人のマニトバ州〔カナダ中部の州〕やカナダ北西部の小麦地帯への移住であるにせよである。

ことによると、えらく驚くべきなのは、南太平洋漂流であろう。他に例のないぐらい先が見えなくて、思いもかけない、危なっかしい漂流ではあったが、にもかかわらず、その果てしのない大洋は人種の漂流を次から次へと受けいれてきた。アジアの本土からアーリア族がどっとやって来て、セイロンやジャワやスマトラに文明を築いた。これらアーリア族の遺跡だけが残っている。南太平洋を越えてはるかイースター島〔太平洋南東部の島〕までアーリア族漂流の形跡をはっきりと残してからようやく、彼らはすっかり姿を消した。そしてその漂流で彼らの前に漂流を成し遂げていた民族たちとでくわして、今度は彼らアーリア族が、今日われわれがポリネシア人やメラネシア人と呼んでいる他のその後の民族が漂流してくる前に消滅したのである。

人類には、早くから死というものがわかっていた。進化が可能になるとすぐに、牙や爪といった古い持って生まれた才覚よりももっと優れた才覚を作った。火を発見したり自らのために宗教を作る以前に、殺しの仕かけを発明することに余念がなかった。そして今日まで、その最上の創造力と技術力は、より良いさらに良い殺害兵器を作るという例の昔ながらの仕事にもっぱら使われているわけだ。過去からずっと、日々いつだって、殺すことに費やされてきた。そして、ずっと昔の恐怖に打ちひしがれてジャングルに潜む、ほら穴に生息する生き物から、動物界全体をその支配下におさめた。なぜなら、全動物のなかでも最も恐ろしい図抜けた殺人者へとなっていったからだ。気がつけば窮屈になっていた。場所を作るために殺しをやったが、場所を作るたびに絶えず増加をしていって、また窮屈になり、さらに場所を広げるために殺しを続けた。トウモロコシを植えるために、土地から雑草や森の灌木(かんぼく)を切りはらう移住者のように、人類も自ら物を植えるためにやむなくあらゆる種類の生命を一掃したのだ。そうして手に剣を持って、自分が切望する大地の空間に住むものすごい数の生き物を文字通り切り刻んでいった。そして絶えずその戦いをますます広範囲に進めていって、とうとう今日では、以前にも増してはるかに人や動物を殺す力があるばかりか、微生物の無限の目には見えない多数の驚くべき生物に至るまで、戦いを強行してきているのである。

なるほど、剣でもって立ちあがった者たちは、剣でもって滅んだ。がしかし、すべてが滅んだわけではなく、剣で滅んだ者以上に剣でもって立ちあがった者のほうが多かった。でなければ人類は、今日これほどの大群をなして世界にはびこっていることはないだろう。さらに忘れてはならないのは、剣でもって立ちあがらなかった者たちはまったく立ちあがらなかったということだ。無理だったのだ。このことを考えると、ジョーダン博士（当時のスタンフォード大学の学長で、J・ロンドンの親友でもあった）の戦争理論には間違った点がある。すなわち、最上の者が戦争に送りだされると、次善の者だけがあとに残されて、次善の人種を育てるために生き残り、それでは、人種は戦争のもとに衰えてしまう、とする論だ。もしそうだとしたら、もし育てた最上の者を送りだし、残された者たちが育ちつづけたとすれば、こうしたことをもう一〇〇〇万年もやってきて、今日も輝かしい存在であるわけだから、となると、何とも想像を絶するぐらい輝かしく神のような生き物が一〇〇〇万年も前のわれわれの祖先ということになるではないか！

残念ながらジョーダン博士の理論では、そうした古代の先祖は、このすばらしい評価に応えることができない。先祖は、過去の状態で測るのであって、どんな巡回動物園の猿の檻の前にあっても、われわれの祖先のずっと大昔の真の姿を瞥見するなりヒントや類似点なりに気づく程度なのである。殺すこと、絶え間なく殺すことによって、この惑星を修羅場にすることによって、そうした猿のような生き物が、われわれのようなものにまでなってきたのだ。ヘンリー〔ウィリアム・アーネスト・ヘンリー。一八四九－一九〇三、英国の詩人・批評家・編集者〕が「剣の歌」で述べている通りだ。

「剣は歌う――

あたかも朝の
横断幕や若枝のごとくに
暗闇を追いやり、
金属から鉱滓へ、
適者や強者から
不用者や弱者へと、
全人類を篩にかけ、

獣性や底なしの多産
と相戦い、
夥(おびただ)しき数のしくじりや、
内なる世界の
手さぐりの模様の
半ば盲目的乱行や、
えらくあくせくと働きすぎるのを
阻(はば)みおり。」

時が経ち人間が増えるにつれ、空いた場所を求めてさらに遠く離れて漂流した。人間の他の漂流とぶつかり、人間を殺すことははけたはずれになった。弱者や衰微な者は、剣のもとに倒れた。たじろいだ民族、肥沃な谷や肥えた河口の三角洲で次第に豊かになった民族も、砂漠や山での苦難に育まれたもっと強い者たちの漂流によって一掃された。知られざる無数の何十億もの者たちが、有史以前の時代にそんなふうに滅ぼされた。ドレイパー曰く、二十年に及ぶ野蛮な戦争で、イタリアは一五〇〇万人の人口を失い、また、ユスチニアス一世（四八三―五六五、東ローマ帝国の皇帝）の代の戦争、飢饉、ペストによって減った人類は一億という信じがたい数に上る。ドイツは、三十年戦争（一六一六―四八、主にドイツ国内で行なわれた宗教戦争）で、六〇〇〇万人の住民を失った。わがアメリカの南北戦争（一八六一―六五）の記録など、ほとんど思い起こす必要もない。

それから人間は、剣以外の方法でも滅ぼされてきた。食糧、飢饉、ペスト、殺人などは、人口を減らす――場所を空ける――有力な要因である。チャールズ・ウッドラフ氏（一八四六―一九一六、アメリカ・ペンシルベニア州出身の社会・経済学者）は、その「民族の膨張」の中で以下のように例証している。一八八六年に黄河の堤防が決壊したとき、七〇〇万人が溺死した。一八四八年のアイルランドの不作によって、一〇一万の死者が出た。一八九六―九七年と一八九九―一九〇〇年のインドの飢饉では、二一〇〇万の人口減少が生じた。台北の暴動と回教徒の反乱では、一八七七―七八年の飢饉と合わせると、二〇〇〇万の中国人が殺された。ヨーロッパでは、大ペストの嵐がくり返し吹き荒れた。インドでは、一九〇三年から一九〇七年のあいだに、ペストの死者の数は平均すると一年に一〇〇万―二〇〇万に及んだ。ウッドラフ氏の言う、現在合衆国に住んでいる一〇〇〇万の人が結核で亡くなる運命にあるという主張は信頼できる。そしてこの同じ合衆国において、一年に一万の人が即死させられている。中国では、毎年三〇〇〇万から六

○○万の幼児の命が奪われており、これが全世界の幼児殺しの総計となると、すさまじいものがある。アフリカでは現在、人間が眠り病〔アフリカの伝染病〕で数百万亡くなっている。

戦争以上に、人命を奪うものは、産業である。どこの文明国にあってもひじょうに多くの人々がスラム街や労働者街に押しこまれ、そこでは病気が膿み(うみ)ただれ、非行が蝕み(むしばみ)、飢饉が慢性的であり、近代的な戦争で死ぬ兵士以上にたちまちのうちに数のうえでももっと多く亡くなってしまう。ロンドンのイースト・エンド〔英国ロンドン東部にある下層民が住む地区〕のスラム地区の幼児死亡率の場合など、ウェスト・エンド〔ロンドンの西部にある地区で、高級住宅街がある〕地区の中流階級のそれの三倍である。合衆国においては、過去十四年間で、国の常備軍全体の数よりも多くの炭鉱夫が死傷している。合衆国労働局によれば、一九〇八年一年間の、労働者の事故死が三万―三万五〇〇〇人で、負傷者は二一万人以上という。ありていに言って、労働者にとって最も安全な所は軍隊なのである。だからその軍隊が最前線にあって、キューバや南アフリカで戦っているとしても、兵卒のほうが本国の労働者よりも生きる公算が大きいわけである。

それなのに、こうした恐ろしい戦死者名簿、過去の途方もない殺害、現在の途方もない殺害にもかかわらず、今日もこの惑星には一七億五〇〇〇万の人類が生存しているのである。即座に結論を下せるのは、人間というのはきわめて多産ですこぶる不屈だということだ。かつて世界にこれほど多くの人々がいたためしがない。過去何世紀にもわたって、世界の人口はもっと少なかったし、これから先何世紀もさらに増えていくに決まっている。となると、あれほど一笑に付され、なおおもその気味の悪い頭をもたげ続けるあの例の恐ろしいもの——すなわち、マルサス〔トーマス・マルサス。一七六六-一八三四、イギリスの経済学者〕の学説——が思い起こされる。未開の大陸全体の植民地化と結びついて、人間が食糧生産の効率を高めていくとなると、「人口の法則」についてのマルサスの数学的所説を明らかに嘘だと言って何世代にもわたって非難してきたわけだが、彼の学説の本質的な意義に異議を申し立てることなどできはしない。人の数というのは、たしかに生計に圧力をかけるものだ。なのに、いかに速く生計の度合いが増しても、人口は必ずそれに追いついてくるものなのである。

人間が狩猟の進化段階にあったときには、わずかな人口を維持するのにも広い地域が必要だった。羊飼いの段階になるとともに、生計手段が増していったので、同じ領域でさらに多い人口が養われた。農耕の段階になると、さらに多くの人口をあと押しした。そして、今日では、機械文明の食糧を得る能力が増したことで、さらに多くの人口が可能になっている。このことは、空論でもない。人口は、男女子供たち合わせて一七億五〇〇〇万に達しており、この多大なる人口は飛躍的に増加しているのである。

新世界への大量のヨーロッパ人の漂流は続いてきたし、今も続いている。なのに、ヨーロッパの人口は一世紀前に一億七〇〇〇万であったのが、今日では五億になっている。この増え方でいくと、生計が立たなくなってしまうのでなければ、今から一世紀もしないうちに、合衆国の人口は五億になるだろう。

人間は、腹をすかした生き物であり、殺し屋であり、絶えず空き場所がないために苦しんできた。世界は、慢性的に人口過密の状態できた。一平方マイルに五七二人のベルギーは、旧石器時代人を五〇〇人しか養えなかったデンマークと同様に、人口過密状態になっている。ウッドラフ氏によれば、耕作地なら猟場の一六〇〇倍の食糧が生産できるという。ノルマン人の英国征服〔一〇六六年〕の時代から、何世紀にもわたって、ヨーロッパは一平方マイルに二五人しか養えなかった。今日ヨーロッパは、一平方マイルに八一人を養っている。こういうことを説明するのは、ノルマン人の英国征服後数世紀にわたって、その人口が飽和状態だったということだ。それから、貿易と資本主義、新しい土地の探検と開拓や、労力が省ける機械類の発明と科学的な原理の発見と応用などとともに、ヨーロッパの食糧を獲得する能率の激増がもたらされた。すると、たちまちその人口が急増したというわけである。

アイルランドの一六五九年の人口調査によれば、かの国には五〇万の人口があった。それが一五〇年後には、八〇〇万になっていた。何世紀にもわたって、日本の人口には増減がなかった。食糧を獲得する能率を増やす術(すべ)がなかったようだ。ところが、六十年前に、ペリー提督が日本の門戸を打ち倒して、西洋世界の優れた食糧を獲得する能率の知識や機械類を導入した。この生活レベルの向上とともに直ちに人口の増加が始まった。しかも日本は、人口がまたもや暮らしを圧迫しているのを知るや、剣を手にしてさらなる空き場所を求めて西方への漂流に乗りだした。そして剣を手に殺したり殺されたりしながら、独力で台湾と朝鮮を勝ちとり、漂流の先鋒をはるか満洲の肥沃な奥地にまで駆り立てたのだった。

すこぶる長期にわたって、中国の人口は四億——飽和点——でとどまっていた。黄河が周期的に何百万という中国人を溺死させる唯一の理由は、そうした何百万もの人々が耕作をする土地がほかにはないということだ。そして、そうした大災害が起こるたびに、人間の波が巻きあがり、今や何百万もの人々がその不安定な領地にどっと入ってくる。そこへと追い立てられるのは、情け容赦もなく生計を立てないわけにはいかないからだ。避けられないのは、中国が遅かれ早かれ日本のように、われわれの食糧を獲得する効率を学んで応用するだろうということだ。そしてその時がきたら、同様に避けられないのは、中国の人口が見当もつかないぐらい何百万と増えて、やがてまた飽和点に達するだろうということだ。そうなると、西洋の考えを吹きこまれて、日本のように手に剣を取って、さらなる空き場所を求めて中国独自の漂流を突拍子もなくやりださないだろうか？　これこそ、またあらたな世に言う困りもの――黄禍――である。とはいっても中国の人たちは、他の人種と同様もっぱら男であり、歴史全体を通じて、男は皆この惑星上のあちら、こちら、いたる所へと腹をすかして漂流し、食べる物を探し求めてきたわけだ。だったら、ほかの者がやることを中国人がしないはずがあろうか？

だが、人間の営みに一つの変化が生じてきて久しい。いっそう強い民族の近来の漂流といえば、弱小の種族を介してさらなる陸地空間へと進路を開拓し、平和へ、さらに広範な、さらに長続きする平和へと導いていった。弱小の種族は、殺されるという報いを負うて、武器を捨てて内輪同士で殺しあうのをやめざるを得なかった。頭皮を剝ぐインディアンや首狩りをやるメラネシア人は、滅ぼされてしまうか、民事訴訟や刑事訴追の優れた威力を信じこむように改心させられるかした。この惑星は、征服されつつあるのだ。野蛮なものや有害なものは、馴らされるか排除されるかなのだ。猛獣や共食い人間から死とかかわる微生物に至るまで、容赦なく攻撃される。そして日ごとに、アフリカの敵対する砂漠族であろうとパナマのような疫病を生ずる熱病の穴であろうと、敵意ある領地のさらにさらに広い領域が、人類にとって平和で住むに適したものとなってゆく。大多数の在宅の人々はといえば、合衆国なり英国なりドイツの現世代の何パーセントが戦争を目にしたり、あるいは直接に戦争のことを知っているのだろうか？　今日ほど世界にこれほどの平和があったためしがない。

かの赤い（過激な）反逆人であった戦争自体が、今や終わりつつある。労働者よりも兵士であるほうが安全である。生きる見込みは、工場や鉱山よりも活発な軍事行動のほうが大きい。殺すという点では、戦争は無力になりつつあり、このことは戦争の仕組みが過去においてこれほど高価でこれほど恐ろしいものであったことは決してないという事実にもかかわらずである。今日平和時の軍備は、昔の戦時よりも高くつく。常備軍の維持費のほうが、かつて帝国を征服するのにかかった以上に高い。かつて殺しをやるのにかかったよりも、今のほうが殺す準備をするほうが高くつく。ドレッドノート型軍艦〔二〇世紀初期の最大最強の軍艦〕の一隻の価格で、殺戮兵器を備えたクセルクセス〔ペルシャ王〕の全軍に必要なものを装備できるだろう。そして、その堂々たる軍備にもかかわらず、戦争はもはや、その方法がもっと単純だった頃のような殺し方をしない。近代的な艦隊による砲撃一発で、結果として騾馬(らば)一頭を殺してしまうぐらいのものだ。世界の二強国間での二〇世紀の戦争の死傷者数は、製鉄所の労働者をひどくねたんで顔を青くさせるほどのものである。戦争は冗談(ジョーク)になってしまった。人間は、戦いで立ち向かえない戦の怪物を自分で作ったのだ。近頃では生計は豊かであり、生活も安っぽいものではなく、生きた人間の性質として今日の機械類によって可能になった大虐殺をほしいままに行なうなどということはできない。このことは、理論に基づいたものではない。それは、一方で南アフリカ戦争〔一八九九、ブール戦争、ボーア戦争とも呼ばれる〕と米西戦争〔一八九八、アメリカとスペインの戦争〕、他方南北戦争〔一八六一—六五〕とナポレオン戦争〔一七九五—一八一五、ナポレオンが欧州征服を企てた戦争の総称〕における複雑な戦闘と人間の死の比較によって示されるだろう。

戦争というのはそれ自体の展開によって無益なものとなるばかりか、人間自身も、知恵が増し道義も高まって、戦争に反対する。大いに学んだというわけだ。戦争は、人間の常識とは両立しない。戦争は、良くないもの、馬鹿げたもの、そしてひじょうに高くつくものだと考えるのである。生じた損害や成された結果の割には、それだけの価値がない。個人間のけんかの場合においては流血の不和の代わりに民事裁判所の仲裁のほうがもっと実際的なのとちょうど同じように、国家間の紛争においても仲裁のほうがより実際的である、と人間は判断する。

戦争は消滅しつつあり、病気も征服されつつあり、人間が食糧を獲得する効率も上がってきている。こうした要因があってこそ、今日一〇億あるいは一〇億の四分の三ではなく、一七億と五〇〇〇万の人々が生きているのである。それにこうした要因があってこそ、世界の人口はきわめて近いうちに二〇億となり三〇億に向かって急速に上昇していくだろう。世代の寿命は、着実に伸びている。人の命は、この頃では以前よりも長い。生存は、それほど不安定なものではない。新生児は、過去のいかなる時よりも生き残る機会が大きい。手術や衛生設備のおかげで、生命の不幸や病気の惨害に伴う死者の数を減らしている。男女ともに、過去なら急な絶滅をもたらしたであろうさまざまな欠陥や弱点があっただろうが、今日では生き、父母として多数の子孫を残している。そして食糧を獲得する効率が高まるにつれ、人口もそれに従って急増するのは当然である。生命の「底知れぬ多産」は変わらない。食べ物が与えられると、生命は増えるのだ。今日生きている一〇億と四分の三のうちのわずかなパーセントは、生命の呼び声が生まれるのを抑えるかも知れないが、それもわずかなパーセントにすぎない。この点において、人間動物における生命というのは、他の動物における生命ときわめてよく似ているわけだ。

それからさらに別の変化が、人間の営みに現われてくる。政治家連は歯ぎしりをして呪いの叫びを発し、人間はその浅薄な机上の学問が具体化された偏見によって損なわれ、文明はめちゃくちゃになるとわれわれに請けあうのだけれど、今日、社会の趨勢(すうせい)は世界全体が社会主義のほうに向かっている。古い個人主義は、消滅しつつある。国家は、従来なら厳粛に個人に属するものと考えられていたことにもますます干渉してきている。だから社会主義は、結論的なことを言えば、もっと多くの人々が食べる物を手に入れられるまったく新しい経済的・政治的制度なのである。要するに、社会主義とは改善された食糧獲得機能なのである。

しかも、社会主義は今までよりも容易にもっと大量に食糧を獲得するばかりか、そうした食糧をもっと平等に分配できるだろう。社会主義が当分約束するのは、すべての男・女・子供たちに食べたい物をすべて与え、時も量も望むだけ食べられることである。生計は、一時的には、きわめて大きく押しもどされるだろう。結果として、みなぎる生気が高波のように増してくるだろう。結婚が増え、さらに子供が生まれてくるだろう。今日何百万と認められる強制不妊も、もはや認められなくなるだろう。貧民窟や労働者スラム街の何百万という多産の人たちも、今日では慢性の栄養失調のためにあらゆる病気で死に、多産の大部分が達成不能のままに死んでしまうのが、社会主義の食糧獲得効率が高まれば、食べたい物がすべて食べられるようになる将来には、亡くなることもないだろう。

人口が今後けたはずれに増えていくことは、否定できないだろう――ちょうどそれが、食糧獲得効率の増大に続く過去数世紀のあいだにけたはずれに増えたように。そうした将来の人口の規模の大きさは、ほとんど想像もできない。だが、地球の表面には限られた陸と水しかない。人間には、その驚くべき功績にもかかわらず、この惑星の直径を増やすことは無理だろう。まだ誰も足を踏み入れたことのない大陸など、昔日のこととなって存在しなくなるだろう。この住むに適した惑星には、万年氷から万年氷に至るまで、人が居住するだろう。そして食糧獲得に関しては、他のすべての場合と同様、人間は有限にすぎない。食糧獲得の思いも寄らない効率が達成されるかも知れないが、遅かれ早かれ、人間は気がつけばマルサスの深刻な法則に直面しているだろう。人口が生存に追いつくことになるばかりか、押し寄せていって、その重圧は冷酷かつ残忍なものとなるだろう。将来のどこかで、人間が皆食べる物が十分でないという事実に自覚をして直面する時が来るだろう。

その日が来たら、それからどうなる？　古い時代遅れの戦争が再発するのだろうか？　人口が飽和状態になれば、生活はつねに安かろう悪かろうになる。ちょうど今日の中国やインドがそうであるように。あらたな人間の漂流が起こって、空き場所を求め、窮屈な生活から抜けだして土地空間を切り開いていくだろう。もう一度「剣の歌」から。

「従え、さあ、従うのだ、

英雄たち、わが収穫者たちよ！
背高く穀物が実った所に
汝らの鎌を突き刺すのだ！
穀物は、大鎌で刈りとり、
王国の豊作の束を縛って、
刈り株畑の帝国で
外皮を剝がされ、からからに乾かされる。」

たとえ万一、それまで通り、人間が腹をすかして、手に剣を持って、殺し殺されながらさまようとしても、救済など一時的なものにすぎないだろう。たとえもし一民族だけが残る民族のすべての最後の生き残りまで切り倒すようなことがあっても、その民族は世界じゅうを漂流して、この惑星をその生き物でいっぱいにし、再び生存最低生活に押しかけるだろう。そうなると、死亡率と出生率はバランスをとらねばならないだろう。人々は、死ぬか、それとも出生を妨げられねばならないだろう。明らかに、より高い資質を持った生命力のほうが広まり、多産は徐々に減ってゆくだろう。だがこの減少は、きわめてゆっくりとしたものなので、生存への重圧は存続するだろう。子孫を制限（コントロール）することが、人間の最も重要な問題の一つとなり、国家の最も重要な務めの一つとなるだろう。人々は、生まれることをとうてい許されやしないだろう。

病気が、時々は、そうした重圧を和らげるだろう。病気は寄生虫であり、忘れられてはならないのは、ちょうど人間の世界に漂流があるように、微生物の世界にも漂流――食べ物の探求――があるということだ。微生物の世界についてはほとんど知られていないが、そのほとんど知られていないということが恐ろしいのだ。微生物の数の調査など行なわれることなどないだろう。真（まこと）文字通りの「底知れぬ多産」があるからだ。人間の数が多数だとは言っても、個人の総計など、微生物の想像を絶したおびただしい数と比べれば、物の数ではない。皆さんの、あるいは私の体の中には、今現在、今日の世界の人間の数より多い個々に実在する物が群がり蠢（うごめ）いているのである。それは、われわれには見えない世界である。ただ最も近い境界線を推測するだけだ。強力な顕微鏡や超顕微鏡を使って、二万倍に拡大しても、微小の生き物のあの深みを垣間見ることすらかなわない。

そうした世界のことについては、おおよそにしかほとんどわからない。わかっているのは、そんな世界から病気が生じてきて、人間を苦しめ殺すということだ。われわれにわからないのは、これらの病気が、すでに存在している顕微鏡クラスの品種が単にあらたな方向に漂流していくものなのか、それとも、新しい、まったく新しいもので、ただ自然発生的につくりだされたものなのかということである。後者の仮説は筋が通っている。というのは、もし自然発生的な世代が依然として地球上で生ずるとすれば、複雑な品種よりも単純な品種の形をとって生ずるほうがはるかに可能性が高いと立論するからである。

また別のこともわれわれは知っている。それは、あらたな病気が現われるのは、人口が過密な状態にある場合だということだ。過去にはそうであった。今日でもそうだ。そして、医師や細菌学者たちがどんなに賢明であろうと、彼らがこうした侵略者とどんなにうまく立ち向かおうとも、あらたな侵略者が現われつづける——腹をすかした生き物のあらたな漂流がわれわれをむさぼり食おうとしているのだ。だから、生きていくための重圧に窒息してしまいそうな将来の人口が飽和状態にあって、あらたな、つねにあらたな多数の破壊的微生物が生じて、地球に群がる人間に場所をよこせと身を投げかけつづけるだろう。人間の知恵をもってしても打ち勝てないうちに、広範囲の人口を減らしてしまうような前例のない獰猛な疫病さえ現われるかも知れない。それに、こんなこともわかっている。こうした目に見えない多くの微生物が、人間が残酷で恐ろしい淘汰を切りぬけて微生物に対して免疫性ができることで、どんなにしばしば征服されようとも、人間の登場以前や消滅以後も存在するであろうこれらの微生物のあらたな大群がつねに現われるであろう、ということも。

消滅後も？　人間はそれからいつかいなくなって、この惑星は人間のことをもう知らなくなるのだろうか？　全体的に人間の漂流が向かっているのは、そっちの方向なのだろうか？この点では神自身は物言わない。とはいっても、彼の予言者たちのなかには、地球が無に帰してしまう最後の日について真に迫った説明をしているのではあるが。科学にしても、ラジウムの思索や物質の究極の特質についての分析案にもかかわらず、人間が死に絶えてしまうこと以上の言質を与えてはいない。人間の知識の及ぶかぎりでは、法則というのは普遍的なものだ。自然力は、ある不変の条件のもとに反応する。これらの諸条件の一つが気温である。実験室の試験管の中であれ、自然の工房であれ、すべての化学反応は限られた範囲の温度内でのみ起こる。最新の蜉蝣である人間は、哀れにも気温の生き物であり、温度計によってその短命の日をもったいぶって歩いているのである。その背後には、人間には暑くて存在できない過去があり、その先には、寒すぎて存在できなくなるような未来がある。人間にはそうした未来に順応できないが、それは、普遍的な法則に変更を加えられないからであり、自らを構成している構造も分子も変更できないからである。

以下の、おそらくは科学的な知性がこれまで成し遂げた最も無謀な想像力を具体的に表現しているハーバート・スペンサー〔一八二〇－一九〇三、英国の哲学者〕の件（くだり）を熟考してみるのがいいだろう。

「物質と同様に運動も、量が決まっているので、運動がもたらす物質の配分の変化は、どの方向に向かおうと、不滅の運動はそこで直ちに逆の配分を必要とするだろう。明らかに、引力と反発作用という普遍的に共存する力は、すでに見たように、宇宙のいたる所のどんな微細な変化においても周期的変動を必要とし、また、その変化の全体においても周期的変化を必要とし――引きつける力が優勢となって、絶対的な集中を引き起こすかと思えば、反発力が優勢となって、絶対的な拡散を引き起こす――進化と死滅の時期が交互に生じるのである。〝かようにして、今進んでいるものと類似した連続する進化があった過去の想像図が思い起こされる。また将来には、連続する他の進化が続くかも知れない——原理的にはずっと同じでも、具体的な結果としては決して同じではないものが〟」

そうなのだ——われわれが最もよく知っていること——進化と死滅の時期が交互にやってくるということ。過去にはわれわれが今生きているものと同様の進化がほかにもあったし、将来にも同様の進化がほかにもあるかも知れない——それだけのことだ。あらゆるこうした進化の原則は変わることがないが、具体的な結果は決して二度と同じものではない。人間だってそうではなかったし、そうだったし、二度と同じものとはならないだろう。われわれの理解を超えた長いながい時間に、われわれが「地球」と呼ぶあの太陽の衛星の特別な進化にかかった時間は、ほんのごくわずかにすぎない。しかも、そのわずかな時間のうち、人間が費やしているのは、ほんの短い一部だ。最初の猿人から最新の有名な科学者に至るあらゆる人間の漂流全体ですら、星の降る夜の無限の全体を横切る幻影、閃光、瞬く間の動きにすぎないのである。

温度計が下がれば、人間はおしまいだ——その欲望や格闘や実績にもかかわらず。その民族の冒険や民族の悲劇にもかかわらず。何十億にさらに何十億も掛けたほどの、血に染まった殺害にもかかわらず。科学がいつか発見し口にする何かさらに進んだ見当もつかない言葉が出てくるのでなければ、これが科学の最後の言葉である。それまでは、星降る宇宙空間以上に遠くは見えない。そこでは、「つかの間の仕組み（システム）は、泡のごとく消滅する」からである。星々がロウソクのごとくなくなり、大きな太陽が際限のない長い時間のうちのカチッという時の刻みのあいだ赤々と輝いては消えてしまう広漠たる広がりの中で、人間というちっぽけな生き物って、どんな値打ちがあるのだろう？

それから生きているわれわれにとって、忘れられた文明の荒廃した諸都市に今日認められる大昔の漂流に起こった以上に悪いことなど起こり得ない――荒廃した諸都市は、発掘されると、さらに昔の都市、市の上に市が、十四もの都市が廃墟の上にあるのが発見される。さらに昔のものになると、放浪する牧夫が家畜の群れを追い立て、さらにそれらに先行するものとなると、穴居人や未開の地の人間が野獣の趾骨を砕き地上から消滅していった、そんな地層にまで行きあたるのである。そのことについては何ら恐ろしいことはない。リヤード・ハヴィ〔一八六四－一九〇〇、アメリカ・イリノイ州生まれの詩人〕が死に直面したとき、「見よ！　私は生きてきた！」と言ったことがわれわれは本気でわが身をなげうつことができるのだ。ほんの一滴の生存、ほんのひと味の存在もいいではないか。そして事によると、われらの最大の偉業は、不滅を夢見たということだろう——たとえそれを実現できなかったとしても。

解説　円環の宇宙

大矢健

ジャック・ロンドン（一八七六―一九一六）は、作家自身が訪れた場所を舞台に、多くのジャンルの作品を書いたことで知られる冒険作家である。まずクロンダイク（アラスカ）ものがある。代表作『野性の呼び声』（一九〇二）やもっとも有名な短篇「火を熾す」が展開する場所だ。自然回帰や原始の発見を主題とし、異人種との接触の模様が語られる。そして海洋もの。デビュー作「日本沿岸の台風」や、主人公の成長物語を含みつつ同性愛の可能性も感じさせる『海の狼』（一九〇三）。アザラシ漁船に水夫として乗り込んだ経験が、作家のオリジナル・インスピレーションだ。海の手触りを取り戻すため、ロンドンは小さな舟を購入し、その中でこの作品を書いた。スナーク号で世界一周旅行に挑戦した際に生まれたのが、南海もの。『高慢な家系』（一九〇八）などの短篇集が長篇小説『冒険』よりも、読み応えがある。タヒチ、ハワイ、メラネシアなどを舞台に、ここでも異人種が描かれるのだが、白人経営のプランテーションでの悲喜劇もあり、ハワイの神話も題材とされた。ジャンルを成すとはいえず、それ一作で芸術を成し遂げた、最高傑作『マーティン・イーデン』（一九〇七）は虚構的自伝で、主人公はその圧倒的な情熱を武器に社会の底辺から這いあがり、作家として成功する。だが、成功の世俗的意味に幻滅して、南海において入水自殺する。この海中のシーンは現世を超越して美しい。おそらく、美しすぎる。

晩年、カリフォルニア州に、二人目の妻チャーミアンと居をかまえたロンドンは、あまり大きな冒険には挑戦しなくなっていった（小さいとは言えない冒険は、あいかわらず続けていたのだけれども）。南海の航海生活が彼の健康を損なってしまっていたからだ。これ以降に書かれた長篇小説三作は、田園小説というジャンルを成している。農園経営が作家の冒険となった。『バーニング・デイライト』（一九〇九）は、クロンダイク、投機市場、田園と舞台を大きく移す（三つのフロンティアという評言がある）。『月光の谷』（一九一二）ではヒロインが舞台の中心を占め、現実の娘ジョイの流産に由来する新生児喪失も描かれる。ここでのヒロインの心理描写は、読者の胸をつまらせるだろう。これは都会から田園への脱出を描くロード・ナラティブとなっている。『大きな屋敷の小さな夫人』（一九一四）において、ロンドンは、妻の浮気事件を題材に二人の男と一人の女の三角関係を描く。これは、ふつうの意味での冒険小説ではまったくない。ロンドンとチャーミアンの常識をくつがえす夫婦関係が、この時期、ロンドン最大の冒険だったと考える研究者もいるが。これらの舞台は、ロンドン晩年の地グレン・エレンだ。

ロンドンが描いた世界は、乱暴に素描しても、これぐらいの広さがある。これ以外には、主に海を舞台にした少年冒険ものとして『密漁監視隊の物語』他があり、忘れてはいけないボクシング小説群もある。「一切れのステーキ」は、一読忘れがたい瞬間を読者の脳裏に刻み込んだはずだ。途中をずいぶん省略しているのだが(『ジョン・バーリコーン』や『星を駆ける者』など)、最後にあげるべきなのが、社会主義関連の文明論的小説・講演・エッセイだ。長篇小説である代表作は『鉄の踵』(一九〇六)、そしてエッセイ集『革命』(一九〇五)。本書に収められた三篇「赤死病」("The Scarlet Plague," 1910/2)、「比類なき侵略」("The Unparalleled Invasion," 1907/3)、「人間の漂流」("The Human Drift," 1910/2) は、このジャンルに属する。

ロンドンは、晩年、社会主義労働党から脱党することになったが、社会主義の信念は持ちつづけた。党を離れたあとのグレン・エレンでのコミューン建設の夢に、彼の信念はまだ生きていた。彼の社会思想は、しかし、マルクスの「社会主義」とは相当に異なる、ロンドン独自のものと言ってよいと思う。『アメリカ浮浪記』(一九〇七)に題材を提供した北米大陸一周旅行時(一八九四)の、放浪者としての体験(ルンペン・インテリゲンチャとの邂逅)がいちばんの影響源だろう。この際、彼は放浪罪で約一か月の刑務所生活すら経験している。そこは、彼によれば、弱肉強食の完全な階級社会だった。ロンドンの思想的背景にカール・マルクスがいたことは事実だろうが、それに加えてチャールズ・ダーウィンの進化論やトマス・マルサスの人口論が基本的バックボーンとしてあった。本書収録の「人間の漂流」で難解な一節が引用されるトマス・スペンサーのことを、彼は、知的恩人として尊敬していた。けれども、スペンサーの社会進化論——手短にいえば、生物学的進化論の社会適用版で、当時の歯止めなき資本主義を正当化した——は、ロンドン得意の言説ではなかった。

この三つの作品は、細菌、戦争あるいは暴力、惑星の維持可能性、人類の宿命といった共通のモチーフで繫がっている。執筆順にそれぞれの作品についてコメントしてみよう。

「比類なき侵略」は、SF的想像力で細菌戦を描いている。執筆時から約七十年先の未来、一九七五年に起こった、細菌兵器を使った西洋諸国による中国人のジェノサイド、というのが、より正確な要約となるだろう。マルサスに従っているのか、国力は国の人口で表されている。多産の中国人が世界を支配しようとしているというわけだ。まるで現代における中国の拡大、世界的覇権の掌握を語っているかのようだ。これほどロンドンがアジア情勢に精通していたのには、二回の訪日と滞在、日露戦争を従軍記者として観察し報道した事実がある。エッセイ「黄禍」では、新渡戸稲造を引用しているくらいである。時代の細菌に対する執着（マーク・

トウェインの「細菌とともに三千年」やフランク・ノリスの『ヴァンドーヴァーと獣性』など）と同じくらいに興味深いと思うのは、知性の「進化」が語られる部分ではないだろうか。中国が覚醒し技術革新を進め世界の覇権を握るには、同じ象形文字である漢字を通じて日本が影響を与えねばならぬ、というのだ。共通のモンゴル系という根っこをもち、同じ精神過程を有する「生物学的変種」の日本人こそが、日露戦争に勝利した日本だけが、中国を目覚めさせられる。中国が目覚めると、日本はあっさり退場させられてしまう。このような思考の背景には、「人間の漂流」で展開される地球規模の文明観があった。

社会主義の考え方を遠景にもちながら、この惑星の歴史、人類の歴史を壮大に展開するのが「人間の漂流」である。食料への欲望ゆえに、アフリカ発の人類は、この惑星を漂流（ドリフト）しつづけ、あらゆる場所に住みつくことになった。やがて彼らの生産性は武器製造へも振り向けられることになるが、作家の想像力は、人類の細菌との戦いにまで及ぶ。細菌撲滅は不可能であると予感していたふしがあるが、戦争の時代のほうは、わりと簡単に終焉するらしい。確かに、ロンドンの時代以降に二度の世界大戦が戦われたのだが（密かに細菌戦もあった）、人類史を巨視的にながめてみれば、恐ろしい数の死者を出した戦争は、兵器の不効率性にもかかわらず、世界大戦以前に戦われたものだった。人口削減装置たる戦争に代わるのが、驚いたことに「産業」であるらしい。資本制工場労働機構がより多くを殺す。社会主義者の発想なのだろうか。

けれど、ウィルスと経済の破綻のどちらのほうがより恐ろしいのかと考える現代人からすると、ロンドンの思考は示唆的ではある。少なくとも作家の人口爆発の予想は確実に正しかった。人口爆発と細菌の「底知れぬ多産」。どうやらこの二つはパラレルな関係にあるらしい。まるで映画『マトリックス』のエージェント・スミスの世界観である。「君たちに似た有機体が、この星にもう一つ存在する。ウィルスだよ。人類は病原菌なのだ」。

「赤死病」は感染症によるパンデミックを描き、感染拡大によるディストピア出現の語り——略奪、破壊、殺人の描写——が圧巻なのだが、不思議なのは、主人公の老人が三度口にする台詞ではないだろうか。「はかなきもの、あわのごとくついえ去り」。「人間の漂流」の「つかの間の仕組み(システム)は、泡のごとく消滅する」と同一であり、原文は"The fleeting systems lapse like foam"というものだ。これは、ロンドンが終生の親友としたジョージ・スターリングの詩「星々たちの証言」("The Testimony of the Suns")からの引用である。その意味は、重く深く神秘的だ。詩篇では、冬の夜空に展開する恒星たち(the Suns)の戦いが描かれ、太陽系、銀河系(the systems)の誕生と変化、死と永遠が語られる。ゆえに、「人間の漂流」では宇宙の文脈のなかで、「仕組み」が、はかなきものである人間に対照されている。では、「赤死病」では、どうなのか。

この中篇小説は、老人(スミス教授とのちに名前を与えられることになる)が三人の孫たちに対して、赤死病による人類滅亡の過程を語るというフレーム・ナラティブを採用している。感染症は二〇一三年に発生した。物語の現在である六十年後の二〇七三年には、世界人口は数百人になっている。数百人とはいえ、すでに孫世代を生み育てて、この数にまで持ち返したのだ。赤死病の猛威を経験した老人の代から、赤死病を知らない孫の時代になっているのである。

小説の冒頭は、圧倒的な陰鬱さにもかかわらず強烈にパワフルだ。「火を熾す」や「生への執着」(クロンダイクもの)のような実存的な道が続き、そこをスミスと孫エドウィンが歩く。彼らの衣服が説明される。やぎ、熊、豚の亡骸が彼らを守っている。すると熊が現れ、やぎが紹介され豚も走り出す。どうやら、悪夢的に彼らは自然と一体化しているらしい。同時に「南海もの」のエコーも聞かれる。「未開」の部族は、耳や鼻に装身具をつけて着飾るからだ(たとえば南海もの「マウキ」が良い例)。女はネイティブ・アメリカンの女性を指す「スコウ」と呼ばれることもあり、クロンダイクものさながらに、彼らはモカシン靴を履いていたりもする。ジャック・ロンドン・ワールドが見事に展開しているのである。自然の再生力はすさまじく、道をなすレールを腐葉土や樹木が飲みこもうとしている。人類による搾取から解放され、惑星は自然に帰ったのだ。

地球は、生態系は、回復された。しかし残念なことに、我々にとっては、やはりこれは悪夢だとしか言いようがない。人口数百人の地球は悲しすぎる。それでも、この小説に希望がまったくないわけでもない。物語が光を手探りしていくからだ。光は、まず読者の理解の光として現われる。人物の名前と血族関係が徐々に明かされてゆき、物語世界の隅々が照らしだされる。邪悪な「おかかえ運転手」族の始祖であるビルですら、人類の再生に寄与していたことを我々は知る。孫の一人ヘア・リップは、その末裔だ。感染症発生前の独占資本主義社会も醜悪の極みだが、階級社会が一度は消滅し、しかしその憎悪とともにまた発生してくる歴史は、人の性の帰結として諦念をもって受け入れられるのだろう。老人はつぶやく、「真理はすべて発見され、嘘だって蘇り伝えられていく」。真理も嘘も、すでに一度、存在していたものなのだ。そして、最後にぼんやりと太陽が浮かぶ。赤い光を放つ太陽が、戦い愛し合うアシカたちを映しだす。夕方の弱々しい光だ。おそらく、スターリングが謳った、戦い消えそしてまた生まれくる恒星たちの一つであろう太陽のあと、大気汚染を知らない空に、恒星たちが輝き始め、光の饗宴となるのだろう。生命も非生命も繰り返して、循環するのだ。はかなきものは消えるが、やがて生き返るのである。「さあ、行こうぜ」との孫の言葉に、小説冒頭と同じく、老人は線路沿いにふたたび歩きだす。老人が倒れたあとも、きっと孫は歩きつづけるのだろう。

※作品名のあとに記した年数は、おおまかな執筆年である。

（おおや・たけし　明治大学准教授）

本書は、二〇一〇年新樹社刊『赤死病』、一九八三年晶文社刊『ジャック・ロンドン大予言』(「比類なき侵略」)、二〇一五年明文書房刊『翻訳こぼれ話』(「人間の漂流」)を底本とした。

本文中、今日の人権意識に照らして不適切と思われる表現もあるが、著訳者が故人であること、執筆当時の時代背景と作品の文学性を考慮し、底本のままとした。

著者略歴

ジャック・ロンドン　Jack London　1876-1916

サンフランシスコで生まれる。10代の頃から缶詰工場の労働者、牡蠣密漁、アザラシ漁船の乗組員など職を転々とし、各地を放浪したのち、ゴールドラッシュの波に乗り、アラスカ・クロンダイク地方へ金鉱探しの旅に出る。日露戦争時には新聞特派員として日本を訪れた。1903年に発表した小説『野性の呼び声』(光文社他)で一躍流行作家となり、アラスカの自然と生の苛酷さを描いた短篇や海洋小説、ボクシング小説、SF、幻想小説、ルポルタージュなど多彩な作品を発表。世界的名声を博したが、1916年に急死。邦訳に『マーティン・イーデン』(白水社)、『どん底の人びと』(岩波書店)、『白い牙』(光文社他)、『火を熾す』『犬物語』(スイッチ・パブリッシング)他多数。

訳者略歴

辻井栄滋(つじい　えいじ)

1944年、京都府生まれ。立命館大学文学部卒。立命館大学名誉教授。日本ジャック・ロンドン協会名誉会長。ジャック・ロンドン・マン・オブ・ザ・イヤー賞受賞(1985年度)。著書に『地球的作家ジャック・ロンドンを読み解く』(丹精社)、訳書に『マーティン・イーデン』(白水社)、『決定版ジャック・ロンドン選集』全六巻(本の友社)などがある。2019年没。

白水uブックス　230

赤死病

著　者　ジャック・ロンドン
訳者 ©　辻井栄滋（つじいえいじ）
発行者　及川直志
発行所　株式会社 白水社
東京都千代田区神田小川町 3-24
振替　00190-5-33228　〒 101-0052
電話　(03) 3291-7811（営業部）
　　　(03) 3291-7821（編集部）
www.hakusuisha.co.jp

2020 年 8 月 15 日　印刷
2020 年 9 月 10 日　発行
本文印刷　株式会社精興社
表紙印刷　クリエイティブ弥那
製　　本　加瀬製本
Printed in Japan

ISBN978-4-560-07230-1

乱丁・落丁本は送料小社負担にてお取り替えいたします。